# 赤瞳者

02

英雄

我很慶幸，
你沒有選擇離開這個世界。

林花——繪

# 第一章

「馮瑞軒，我喜歡妳。」

宏亮的表白劃破人群的嘈雜，馮瑞軒驚詫地回過頭，望入夏沛然熠熠生輝的眼眸中。

德役國中部往高中部的主通道上，突然上演偶像劇般的情節，周圍的學生無不停下了腳步，馮瑞軒感覺到無數道看好戲的目光聚集在他們的身上。

「你說什麼？」走在馮瑞軒身邊的韓宗珉錯愕地看著這個同班同學。

「我說我喜歡學妹，想問她願不願意當我的女朋友？」

「夏沛然，你有病啊？」韓宗珉脫口而出，「你們才剛剛認識耶！」

韓宗珉頓時一個頭兩個大，他作爲高中部游泳隊成員，本來要帶國中部三年級的馮瑞軒，去見隊上的教練，哪知卻聽馮瑞軒說，武術社的老師找她。

他當即自告奮勇要陪馮瑞軒一同前往，想著不過是多跑一趟，晚點再將人領去見教練，途中碰巧遇上閒閒沒事的夏沛然，對方硬是堅持與他們同行。

沒想到才介紹兩人相識不到幾分鐘，夏沛然竟在大庭廣眾下做出這般驚人之舉，這還是他與馮瑞軒第一次見面哩！

「我就是對馮瑞軒學妹一見鐘情啊。」夏沛然瞇起好看的單眼皮笑著說。

來自四面八方的鼓譟聲愈是熱烈，馮瑞軒的表情就愈顯僵硬，韓宗珉連忙驅趕始作俑者：「夠了，你給我回去，要不然我跟你翻臉！」

「回去就回去，這麼凶。」夏沛然嘀咕幾句，臨走前還不忘朝馮瑞軒揮揮雙手。

「學妹，妳別理他，他這個人不太正經，平常喜歡開玩笑。我們快走吧，美國大兵最討厭學生遲到了。」韓宗珉打圓場，一路上不斷說著輕鬆的話題，試圖緩解尷尬，馮瑞軒卻一個字都沒能聽進去。

她還想著那個叫夏沛然的學長。

他的左手，戴了一隻黑色手套。

起初他走在後面，和她說話時也沒露出左手，直至他舉手和她揮別，她才發現他怪異的穿著。

爲什麼只戴了一隻手套？是有什麼特殊原因，還是單純想引人注意？從夏沛然旁若無人的舉動看來，可能是後者吧。

馮瑞軒很快將這個人拋之腦後，跟著韓宗珉走進高中部的教職員大樓，來到二樓一間辦公室外，韓宗珉敲門，得到了回應，才開門走進去。

這是一間約莫八坪大的獨立辦公室，一眼望去極爲寬敞簡樸，僅有幾件必要的家具，每樣物品都放置得井然有序。

而那個坐在辦公桌前的男人，存在感強烈得令人難以忽視。

縱然已聽說不少關於他的傳聞，但遠不及親眼所見，馮瑞軒乍迎上那對猶如獵鷹的銳利眼眸，竟有一瞬間無法動彈，她匆匆移開視線，不敢與他對視。

「史密斯老師，我是游泳隊的韓宗珉，我帶馮瑞軒學妹過來了。」韓宗珉態度恭敬。

男人目光從他臉上掠過，「嗯，你走吧。」

韓宗珉愣了下，「老師，其實游泳隊的教練先和學妹約好了要碰面，您會和學妹聊很久嗎？我在門外等……」

「誰讓你等了？」

男人不慍不火的嗓音聽在韓宗珉耳裡，令他不禁膽怯了起來。

「我、我明白了。」韓宗珉瞥了女孩一眼，沮喪地離開。

男人站起身走向馮瑞軒，龐然魁梧的身軀籠罩在她的身前，帶來一股無形的壓迫感。

「自我介紹。」他說。

她吞了口口水，聲音卻依然乾澀，「我叫……馮瑞軒，國中部三年D班。」想了想，她再補充，「不久前才從台中的晴西國中轉學過來。」

「自願的？」

她頓了頓，點頭。

顯然男人早對她有所了解，直接問說：「妳來德役快兩個月了，知道妳今天爲什麼可以站在這裡嗎？」

馮瑞軒猜想這或許是對方找她的目的，卻不解這件事跟他有何關係。然而眼前這個人不是可以隨便敷衍過去的對象，就算不清楚他的意圖，她仍禮貌回應。

「我知道，但是我已經放棄了。」

「這是妳自己的決定？」

「是，我也得到了校長的許可。」

「所以妳在這裡沒有任何價值。」男人並未繼續追問，冷淡且尖銳地下了結論。

類似的話她聽過不少，卻從未有人當她的面說得如此直白，她一時沒能控制住表情，眼角不自然地抽動。

「我不在意。」她倔強地吐出這句話。

史密斯的目光在她臉上轉了一圈，不發一語走出辦公室。

馮瑞軒直覺認爲他是要她跟上，遲疑了下還是邁開步伐追了上去。

越過一片被陽光照得發亮的翠綠草皮，兩人來到一棟安靜的大樓。

此時大樓內空無一人，史密斯用鑰匙打開一樓的教室門，馮瑞軒看到門邊有一塊黑檀木板，上頭用書法體刻印著「武術社」三個大字。

來到德役這兩個月來，這還是馮瑞軒初次踏入社團教室，這棟外觀看起來無甚特別的大樓，卻是全國學生爭相考入德役的原因之一。

德役完全中學建校之初，只招收權貴子弟，當時爲了服務金字塔頂端的學生，開設了各式各樣的選修課程，培養學生文化藝術、運動等方面的才能，更重金聘請各領域的專業講師與教練，一直以來都是德役貴族教育的金字招牌。

這些專業的選修課在現任校長吳德因進行教育改革後，便轉變成了社團活動，讓學生自由發展興趣，學校則是從旁提供協助。吳德因更大力推動各項獎學金計畫，擴大接收成績優秀或是專才突出的學生，只要某項才華獲得認可，縱使其他條件不足，一樣有機會拿獎學金進入德役就讀。

自由的學風，重視專才的培育，以及一般學校望塵莫及的教學資源，吳德因眞正做到了適性發展、因材施教的教育理念，扭轉過去高不可攀的形象，將德役打造成不分貧富的人才培育之地。吳德因因而聲名大噪，被譽爲全國最具影響力的人物之一。

馮瑞軒認識吳德因時還年幼，不曉得她是這樣的大人物，只知道她是最心善慈藹、對自己最好的「德因奶奶」。

家世也好，才華也罷，需得擁有別於常人的長處，才能成爲德役的學生。但馮瑞軒不一樣，出身普通家庭的她，拋棄了曾經引以爲傲的特長，全靠吳德因的特許，她才能「逃」到德役來。

而自她來到德役的那天起，馮瑞軒只求能在這所學校低調度日。

史密斯將韓宗珉趕走時，她心裡著實鬆了口氣。她不想跟韓宗珉去見游泳隊教練，不想一再看見韓宗珉眼中那令她痛苦的期許，會答應走這一趟，也是因爲這些日子他對她的密切關懷，讓她推拒不了。

她是不是，應該和韓宗珉把話說清楚？

馮瑞軒悶頭想著，回過神來時，史密斯已經動手將窗簾全數拉上，明亮的教室一下子變得昏暗。

等他將前後門都上了鎖，馮瑞軒不由得神經緊繃，暗自警戒。

「我只說這一次。」史密斯冷冽的聲音劃破凝結的空氣，在偌大的空間中迴盪，「今天發生在這裡的事，不許對任何人說。」

馮瑞軒渾身僵直，無法動彈，心緒隨著他逼近的腳步紊亂不已。

男人停在她面前的那一瞬間，她慌得幾乎屏住了呼吸。

✦

夏沛然和同學聊得正起勁，見韓宗珉不悅地走進教室，連忙湊上前去。

「這麼快就回來了？你的臉怎麼那麼臭？」

「我把馮瑞軒帶到美國大兵那裡後，就被轟走了，根本沒能去見教練。」韓宗珉滿臉鬱悶。

「搞什麼鬼？明明是你們教練先和瑞瑞學妹約好的吧。」

「話是這麼說，但美國大兵才不聽人解釋，被他冷冷一瞪，我敢再堅持嗎？」韓宗珉忽然察覺不對，「等等，你叫她什麼？」

「瑞瑞學妹啊。」

「幹麼叫得這麼親暱？」韓宗珉傻眼。

「因爲很可愛呀，你不覺得？」夏沛然嬉皮笑臉。

「你跟她沒有熟到可以這麼叫她吧？」這讓韓宗珉想起中午時的鬧劇，語氣轉爲嚴肅，「還有，你知不知道你剛才的行爲會令馮瑞軒多難堪？要是因爲你而壞了我的事，你就死定了！」

夏沛然挑眉，「我只是向她告白，跟你有什麼關係？難不成你也看上她了？」

韓宗珉連忙否認，「才沒有，你是不是在裝傻？我不是跟你說過馮瑞軒的來歷了嗎？」

「有嗎？我只知道你常跑去找這位學妹。」夏沛然掏掏耳朵，一副完全沒印象的樣子。

韓宗珉拿他沒轍，只得耐著性子說明：「她是被譽爲『天才少女』的游泳新星。國一參加全中運就奪下四面金牌，刷新全國紀錄，去年更一舉拿下六面金牌，打破維持了十七年的國女組紀錄，是備受關注的泳壇之星！」

夏沛然露出恍然大悟的表情，「原來是學校特招的游泳人才，難怪你要對她獻殷勤。」

「怎麼這麼說！我是擔心她國三才轉來，可能會適應不良，才稍微幫點忙。」韓宗珉有些心虛。

「最好是！我看是你們游泳隊教練要你這麼做的吧？否則你一個高中部的學長，關心國中部的轉學生，也未免太雞婆了。」

「不是啦，是我自願的。」

夏沛然笑容曖昧，「你還說不是喜歡她。」

「就說不是了。」韓宗珉無奈坦言，「我只是承諾教練，要說服她一年後加入游泳隊，才會想跟她拉近關係。」

「她現在不就是游泳隊的？」夏沛然不解。

「馮瑞軒沒進游泳隊，她不再游泳了。去年全中運結束之後，她就沒有參加過任何一場游泳競賽。」韓宗珉嘆口氣，瞥了他一眼，「你還記得去年六月的台中大地震嗎？」

「當然記得，怎麼了？」

「地震發生時，馮瑞軒就讀的學校正好在舉辦游泳錦標賽，室內游泳池場館倒塌，造成重大傷亡，選手在泳池裡被崩落的天花板砸中，觀眾困在瓦礫堆裡被活活壓死，十多人不幸罹難。」韓宗珉低聲說：「馮瑞軒雖然並未參賽，但人也在現場，據說是爲了幫隊友加油打氣。」

「瑞瑞學妹因為這件事不再游泳？」

「嗯，我覺得應該是這樣。眼睜睜看著最親近的隊友、老師，還有同學們死得那麼慘，她怎麼可能不留下陰影？」

「確實情有可原，那你為何非要說服她加入游泳隊，逼她面對那些傷痛？」夏沛然不以為然，「還有一點很奇怪，要是她不再游泳了，又是怎麼申請進德役的？」

「這我就不知道了，我只是……不忍心看她的天賦被埋沒，她真的是很難得的天才，要是她永遠放棄游泳就太可惜了。」韓宗珉吶吶地說。

「會嗎？」夏沛然聳肩。

「當然！不過你說到重點了，既然她會轉來德役，表示她內心深處應該並未完全放棄游泳，只是需要一段時間擺脫過去的陰影。你想想，如果我能幫她擺脫陰影，重新加入游泳隊，這樣不只教練高興，我也……夏沛然你有沒有在聽我說話？」見夏沛然吊兒郎當地對窗外路過的學姊燦笑揮手，韓宗珉不高興地大聲嚷嚷。

「有有有，我有在聽，但我覺得你太多管閒事了。你不去理她，她終究也會進游泳隊的。」夏沛然懶洋洋打了個呵欠。

「為什麼？」

「不然呢？沒有天才游泳少女的光環，她在德役不就沒了用處？」

「你何必說成這樣？」韓宗珉擰眉。

「本來就是，還是她還有其他過人的才華？是聰明到不行的學霸？或是家裡有錢？認識哪個大名鼎鼎的人物？」

這一串話把韓宗珉問倒了，「我、我不確定，她功課不錯，但不算頂尖。據我所知，她家境也很普通，沒聽說過有什麼人脈……」

「這就對啦，沒財力沒背景，又沒有能力的學生，根本別想進德役。若她不肯為德役一展長才，可是會被唾棄的。既然享受了德役的資源，也該有所付出。你也是這麼努力過來的，不是嗎？」

夏沛然這話說得涼薄，儘管是不爭的事實，韓宗珉還是感覺內心五味雜陳，卻也不得不認同，不管馮瑞軒內心的創傷有多深，既然選擇來到德役，終有一天還是得迫於壓力而低頭。

畢竟他們和夏沛然這種人身分不同。

「不過也不一定。」夏沛然忽然又說。

「什麼意思？」韓宗珉一怔。

「你沒有想過美國大兵為什麼要見瑞瑞學妹嗎？搞不好最後瑞瑞學妹沒去游泳隊，而是進了武術社。」

「不會吧？美國大兵怎麼能確定馮瑞軒適合習武？」韓宗珉大驚失色。

「我隨便講講，你別當眞啊。」夏沛然笑個不停。

「不，我愈想愈覺得很有可能，不然他又不認識馮瑞軒，有什麼理由非要見她不可？他那麼可怕，倘若眞的開口要馮瑞軒進武術社，馮瑞軒敢拒絕嗎？這下完了！」韓宗珉十分懊惱。

「你可以問她美國大兵找她幹麼，她會告訴你的吧？」夏沛然手撐下巴，爲他出主意。

「問了又怎樣？我還能跟美國大兵搶人嗎？你不曉得我花了多少時間，才讓她答應跟教練見面。好不容易走到這一步，卻都叫美國大兵毀了。」韓宗珉萬念俱灰。

「嗯……也不是不能跟美國大兵搶人啦。」

「難道你有辦法？」韓宗珉心情像是洗三溫暖，隨著夏沛然的話七上八下。

夏沛然賣關子，「你要不要先去探探情況？瑞瑞學妹應該回來了吧。」

「說得也是。」韓宗珉被說服了，趁著午休時間尚未結束，起身就要去找人，走沒幾步卻又停下，看著夏沛然，「欸，你說喜歡馮瑞軒，是在開玩笑吧？」

「爲什麼這麼問？」

「你給我的感覺一點都不像是喜歡她。聽到她的過去，你的反應很冷淡，喜歡一個人，不是這樣的吧？」韓宗珉遲疑地問。

「我不是冷淡，是對別人的過去沒興趣。我們認識以來，我問過你的私事嗎？」夏沛然反問。

韓宗珉默然片刻，「那你究竟喜歡她哪裡？」

「臉，她的長相完全是我的菜，尤其她左眼角下的兩顆痣，超迷人的！我第一眼見到她就心動了。你這傢伙真不夠意思，居然不早點介紹我們認識……喂，我還沒說完呀！」

韓宗珉直接丟下膚淺的同班同學，大步走出教室。

他很幸運，在半路上就撞見了馮瑞軒。

他高興地奔過去，「學妹，我正要去找……」

話說到一半，韓宗珉猛然噤聲。

女孩眼神空洞無光，劉海被汗水浸濕，整個人失魂落魄的。

「妳臉色怎麼這麼糟？美國大兵對妳做了什麼嗎？」韓宗珉關心地說。

馮瑞軒搖頭，用幾不可聞的音量說：「抱歉，我沒辦法跟你去見游泳隊教練了，我先走了。」

韓宗珉目送女孩離去後，不安地回到教室，卻不見夏沛然的身影，他大概能猜到這個時間夏沛然人去了哪裡，倒也不意外。

直到下午第二堂課開始前三分鐘，夏沛然才抱著一袋零食出現，韓宗珉不顧即將敲響的上課鐘，拉著夏沛然就開口抱怨。

「你怎麼這時候才回來？」

夏沛然悠哉地吃著零食，還有些莫名其妙，「保健室的床太好睡了，一不小心就睡到剛剛。幹麼？找我有事？」

聽完韓宗珉轉述馮瑞軒的怪異反應後，夏沛然將零食空袋揉成球狀，精準投進教室後方的垃圾桶裡。

「是不太對勁。」

韓宗珉附和，「對吧？不知道我走後發生了什麼事，她竟然嚇成那樣。」

「你沒再傳LINE問她？」

「我傳了，她一直沒讀沒回。」

「那就繼續等嘍。」夏沛然一派輕鬆地拍拍韓宗珉的肩膀。

韓宗珉一整天都在反覆查看通訊軟體，到了晚上，訊息顯示已讀，然而過了好幾天，他才終於收到對方的回覆。

週六中午，韓宗珉趕到約定的女宿旁的小花園時，馮瑞軒已經等在那裡，一臉堅定地告訴他，她決定加入武術社。

「妳……確定嗎？爲什麼？」這個消息對韓宗珉來說猶如晴天霹靂。

「原因我不方便透露。」馮瑞軒垂首，散下的頭髮遮住了她的右臉，「我應該早點跟你說清楚，我知道學長希望我加入游泳隊，可是我不想再游泳，也不會再游泳，所以請不要在我身上浪費時間了。」她將手上提的袋子遞給他，裡面裝的全是他這兩個月送過去的東西，「這些我都沒有動過，不好意思，我明知你的想法，卻一直在裝傻。」

韓宗珉愣愣地接過袋子，不知如何是好。

突然有人從一旁的樹叢後方冒了出來，嚇了兩人一跳。

「不好意思，偷聽你們談話。」夏沛然一身潮牌，掛著毫無歉意的笑臉，大搖大擺地走到韓宗珉身邊，將手搭在他的肩膀上，「我無意間看見韓宗珉走向女生宿舍，好奇跟了過來。瑞瑞學妹，妳眞的決定加入武術社？」

馮瑞軒漠然地點頭。

「那我們都會支持妳的決定的。」夏沛然竟似完全無視韓宗珉遭受的打擊，說著就轉了話題，「對了，學校新進駐了一間歐式餐廳，今天開幕，我本來和朋友約好去吃，他們卻臨時放我鴿子，取消訂位又太可惜，我們三個去吃好不好？」

馮瑞軒立即開口，「我不——」

「瑞瑞學妹，看在韓宗珉這傢伙平時這麼照顧妳的分上，妳不能答應他加入游泳隊，至少陪他吃頓飯吧。妳不是那種會把別人對妳的好，視爲理所當然的人吧？」

夏沛然的激將法很幼稚卻很有效，女孩陷入掙扎，不再直言拒絕。

緊接著他又問韓宗珉：「你咧？會因爲她不肯加入游泳隊，就不跟她做朋友了嗎？」

「當然不會啊！」

「嘿嘿，那就沒問題啦，走吧，吃飯去。」

於是兩人就這麼被夏沛然拉去了新開幕的餐廳。

適逢用餐時間，店內座無虛席，門口更大排長龍，訂了位的三人在服務生的帶領下，穿越排隊人潮順利入座。

「感謝你們沒讓我孤孤單單地吃午飯，這一頓我請。」夏沛然話一出，僵硬地抓著菜單的韓宗珉和馮瑞軒頓時鬆了口氣。

「貴死了，我看我以後還是乖乖吃學生餐廳就好。」韓宗珉瞪著價目表。

「誇張欸，這種價錢還好吧？」夏沛然哈哈大笑。

「對你來說當然是『還好』，這餐廳就是專門為你們這階層開設的，但我們根本負擔不起。對不對？學妹。」韓宗珉扔給他一枚白眼。

馮瑞軒深有同感，她更注意到，四周其他學生神態自若，彷彿對於在高級餐廳用餐習以為常，而那些學生大多與夏沛然相熟，時不時就有人來跟他打招呼，然而他們卻都喚他「神眉」。

韓宗珉注意到馮瑞軒詫異的神情，主動向她說明：「妳有看過《靈異教師神眉》這部漫畫嗎？主角是位名叫神眉的小學老師，他的左手是一隻被封印的『鬼手』，因此他常年戴著黑色手套掩飾。只有當學生遭到妖怪攻擊，他才會脫下手套，解除『鬼手』的封印，保護學生。這傢伙的左手一年四季都戴著手套，就跟神眉一樣，很多人因此叫他神眉，很好笑吧？」

「哪裡好笑？我的左手不同尋常，戴手套是爲了不嚇壞你們，你怎麼老是不信呢？」夏沛然說得煞有介事。

「別理他，他的中二病已經無藥可醫了。」韓宗珉簡直無力吐槽。

安靜聽著兩人對談的馮瑞軒，突然有種沒來由的想法，夏沛然會戴手套，可能確實並非想引人注意，而是另有原因。

「瑞瑞學妹習慣在德役的生活了嗎？」

馮瑞軒還沉浸在思緒當中，面對夏沛然冷不防的提問，她來不及反應，敷衍地點了點頭。

「那就好，這段時間也認識不少新朋友了吧？怎樣？他們有盡地主之誼，帶妳出去玩嗎？」

「我不喜歡外出。」馮瑞軒簡短地答道。

夏沛然彷彿看不出馮瑞軒不欲多言，竟是饒有興致地追問下去，「不喜歡外出，那妳週末都待在學校？反正學校夠大，該有的都有，妳最常去哪？圖書館？交誼廳？還是宅在宿舍？」

馮瑞軒沒回答，她放下餐具，面前的餐點還剩下大半。

「我身體有點不舒服，謝謝學長的招待。抱歉，我先走了。」說完，馮瑞軒連看都沒有多看兩人一眼，起身離席，頭也不回地離開餐廳。

韓宗珉見阻止不了，不禁抱怨，「夏沛然，你這是在幹麼？」

「我說錯什麼了？」夏沛然表情無辜。

其實韓宗珉也是一頭霧水，雖然夏沛然是煩人了點，但他剛剛的表現也還不至於令人想拂袖而去，「是不是你問了太多私人問題，她覺得被冒犯？」

「這點程度還好吧？我關心她而已呀。」

韓宗珉愈想愈覺得自己的猜測有理，「但你們又不熟，先是胡亂告白，又探聽人家的私生活，難怪會嚇跑她！」

「是這樣嗎？」夏沛然歪了歪頭。

「對，都怪你老是不正經。馮瑞軒可不是你能隨便開玩笑的對象，我看你以後很難再接近她了。」韓宗珉幸災樂禍地笑。

「你懂不懂感恩呀，如果不是我，你和瑞瑞學妹之間早就沒戲唱了。」

「怎麼說？」

「你忘了剛才瑞瑞學妹是怎麼說的？她要你不要在她身上浪費時間了，還將你送的東西退還給你，意思就是讓你今後別再去找她了。要不是我及時出來打岔，她恐怕早就跟你把話說絕了。」夏沛然振振有詞。

「不會吧？」韓宗珉垮下臉，「這麼說起來，她之所以同意見教練，只是不好當面拒絕我，所以想直接跟教練說清楚？」

「恭喜你終於想通了，但也可能是你送的東西實在太爛了，她忍無可忍，只好叫你不要再去煩她。」吃飽喝足後，夏沛然翻看馮瑞軒退還給韓宗珉的那袋禮物，忍不住捧腹大笑，「文具用品就算了，居然還送大賣場的折價券，難怪你沒有女人緣！」

「折價券多實用啊，我們市井小民每個月的生活費有限，又不像你這個大少爺可以任意揮霍！」韓宗珉脹紅了臉。

「好啦，逗你玩的。那你現在要怎麼辦？」

「她都說到那分上了，除了放棄還能怎麼辦？」

「眞的？」

「對啊。」見夏沛然大大地嘆了一口氣，韓宗珉納悶地問：「幹麼？」

「我對你有點失望，本來以爲你還會再堅持一下的。」夏沛然搖頭。

「喂！你之前不是還讓我別逼她加入游泳隊，怎麼現在要我繼續堅持了？而且對她說會支持她進武術社的人也是你耶。你是失憶了嗎？」韓宗珉抗議。

「她游不游泳，都與我無關，我無所謂，但你不是。」夏沛然淡淡地說，「其實你說對了一件事，方才我的確是故意打探她的私生活。」

韓宗珉愣住了，「爲什麼？」

「這幾天，我得知了幾件有趣的事。等你聽完，再決定是否要放棄也不遲。」

韓宗珉心中疑惑，卻保持沉默，靜靜地等夏沛然說下去。

夏沛然輕輕一笑，「你知道瑞瑞學妹轉來德役近兩個月了，卻幾乎不與同學往來嗎？她一直是獨來獨往，除了你鍥而不捨地接近她，她在德役沒有半個熟人。據她班上同學說，這樣的她卻總是蹺掉星期三的最後一堂課，鬼鬼祟祟地往教職員宿舍的方向跑去。」

韓宗珉驚訝地微微張開了嘴。

德役設有教職員宿舍，爲了保護教職員隱私，儘管教職員宿舍同樣位於校園內，卻和其他校舍遠遠隔開，並嚴禁非相關人士進入，若有學生擅自在附近出沒，被抓到少不了一頓訓斥，甚至記過都有可能。韓宗珉在德役生活兩年，自是清楚規矩，也不敢挑戰權威，到現在都還不曉得教職員宿舍長什麼模樣。

然而夏沛然話中的意思，卻是暗指馮瑞軒時常出入教職員宿舍？

「學校監視器也不是虛設的，要是她擅自進入教職員宿舍，怎麼可能不被拍到？」韓宗珉皺眉，「但最近沒聽說有人因此受罰啊。」

「先聽我說完。」夏沛然賣關子，接著道：「還有就是宿舍房間的分配。我們學校無論學生的身分背景，一律都是四人住一室，少數由於人數不足，才會分配三人或兩人一室。但瑞瑞學妹卻是在其他房還有床位的情況下，自己單獨一個房間。」

「眞的假的？」

「不僅如此，」夏沛然說：「據我所知，瑞瑞學妹似乎從未踏出過學校大門。」

「怎麼可能！你是說她轉學到德役後就沒再出去過？誰會把自己關在學校裡這麼久？

就算不喜歡出去玩，也總有需要外出購物的時候吧？」韓宗珉嗤之以鼻。

夏沛然不理會他，逕自往下說：「有個國中部學妹在匿名社群上爆料，她說，幾次去找舍監領取包裹時，都注意到舍監桌上有一個沒有封裝，也沒有貼上託運單的箱子。她曾偷看過箱子裡的東西，都是學校裡買不到的，包括一些點心食材，此外還有一張手寫清單。顯然箱子裡的所有物品，是按照這份清單來採買的。

「問題來了，這個箱子是爲誰準備的呢？那個國中部學妹說了，她親眼看到一個入住宿舍不久的轉學生領走了那個箱子。」夏沛然抬眼看著韓宗珉，「那個轉學生是誰，想來不用我多說了吧？所以你不必送她什麼賣場折價券，她根本不需要，她只要寫下清單交給舍監，自然有人會爲她採購好。」

「太扯了！我們學校什麼時候提供這種服務了？」韓宗珉難以置信。

「當然不可能會有。除非學生有特殊原因無法離校，學校才會視情況提供協助。比如去年美術社的學長遭綁架獲救後，他的父母便禁止他單獨出校門，曾向學校提出過類似的要求。」夏沛然說：「想弄清楚瑞瑞學妹是不是一直待在學校很簡單，我們學校門禁森嚴，外出都要登記，我找了個藉口，向警衛人員調閱近兩個月的學生外出登記紀錄，果然沒發現她的名字。」

韓宗珉瞠目結舌，認識夏沛然這麼久，這是他第一次見到夏沛然對一件事如此認眞，而夏沛然能在這麼短的時間內就查出這麼多事，也令他暗暗心驚。

韓宗珉仍然不解，「學長會被歹徒盯上，是因爲他父親是知名地產大亨。馮瑞軒又不是有錢人家的小孩，不出校門是爲什麼？學校又爲什麼會給她和學長一樣的特別待遇？」

「所以你不覺得有趣嗎？她看似平凡，身上卻藏著這麼多的謎。」夏沛然眼睛彎彎，「我們學校並不缺有錢有勢的天才明星學生，可是誰也沒有像她那樣擁有那麼多特權，更何況瑞瑞學妹還放棄了游泳，對德役沒作出半點貢獻，既然如此，爲何學校要讓她入學？又爲何給她優待？」

以韓宗珉對夏沛然的了解，他肯定心裡已經有答案了，於是韓宗珉低聲問：「那你是怎麼想的？」

「記得我問過你瑞瑞學妹的背景嗎？她是有錢、天資聰穎，還是……認識什麼大人物？」

韓宗珉立刻明白過來，「馮瑞軒跟誰有關係？那個人很厲害嗎？」

「很厲害啊，起碼在德役裡罩瑞瑞學妹足夠了，那個人就是校長。」

「什麼？」韓宗珉驚呼，隨即壓低了聲音，「你確定？你怎麼知道？」

夏沛然拿出手機點了幾下，而後遞給韓宗珉，他接過一看，頓時呆住了。

那是三張用手機翻拍的照片，照片中的人正是馮瑞軒與吳德因。

第一張照片，吳德因親暱地從身後擁抱馮瑞軒，畫面裡的馮瑞軒年齡不大，一臉稚氣。第二張照片的馮瑞軒，身形比第一張照片略高，她驕傲地舉著游泳比賽的金牌，與吳德因站在大會看板前開心合影，從看板上的比賽年度推算，這大概是她十歲時的照片，當時她已經是泳壇備受期待的明日之星。

最後一張照片的拍攝時間，和第二張照片差不多，這張照片裡多了一對老夫婦和另一對年輕夫妻，與馮瑞軒、吳德因共六人，和樂融融地坐在餐廳裡，對著鏡頭露出了燦爛的笑容。那兩對夫妻應該分別是馮瑞軒的爺爺奶奶和父母。

從這三張照片看得出吳德因與馮瑞軒一家關係匪淺，莫非雙方是親戚？

「不，根據徵信社的調查，校長與馮家只是相識多年的朋友。」夏沛然搖搖食指。

韓宗珉差點被口水嗆到，「你找徵信社調查馮瑞軒？」

「不然你以為憑我自己能夠拿到這些照片？」夏沛然翻了個白眼，「總之，既然瑞瑞學妹家裡與校長有這層關係，她的所作所為，八成是校長默許的。」

望著照片裡的馮瑞軒和吳德因半晌，韓宗珉擰起眉頭，「學校裡有身分有背景的人那麼多，誰不是乖乖遵守校規，校長這麼偏袒馮瑞軒，難道不怕被人說閒話，為她和馮瑞軒惹來非議？」

「你說得沒錯。」夏沛然勾起嘴角，「我不認為校長會犯這麼明顯的錯誤，可能校長早有安排，真被人說閒話也有應對之道，但瑞瑞學妹的反應就耐人尋味了。」

「怎麼說？」

「瑞瑞學妹在德役得到了許多好處，卻沒有為德役作出半點付出，也完全不在意，就像她對你的好意感到抱歉，可是不會因此改變自己的想法。這樣的她，爲什麼會突然決定加入武術社？」

在夏沛然的引導下，韓宗珉想起那天馮瑞軒在見過史密斯之後，那慘白的臉色和閃爍的言詞，不由得瞪大了眼睛。

「你的意思是美國大兵逼迫她？」

「賓果。」夏沛然吹了記口哨。

韓宗珉轉念一想又覺得不對，「若眞是如此，她大可以向校長求救，而不是聽從美國大兵的指示。」

「這只是我的推測，也許美國大兵手上握有她的把柄，讓她寧可屈服，也不願找校長幫忙。還有，她把自己關在學校，究竟是『不想』出去，還是『不能』出去？」夏沛然滔滔不絕地說：「而她蹺掉每週三的最後一堂課，都是去教職員宿舍？如果是的話，她去那邊做什麼？和誰約好在那邊見面嗎？那個人是誰？我愈想愈覺得好奇，很想查個水落石出。」

「你還要查下去？」韓宗珉一愣。

夏沛然摸摸下巴，「是啊，最近日子過得有點無聊，難得遇上這麼有趣的事，還牽扯到瑞瑞學妹，我當然要繼續追查下去。不過對於瑞瑞學妹是否加入武術社這點，我並不在意，你自己看著辦吧。」

「你都說了她可能遭到美國大兵脅迫，卻要坐視不管？」韓宗珉瞪著夏沛然，目光帶著赤裸裸的譴責。

「我也說了那是我的臆測，說不定瑞瑞學妹眞心想要學習武術呢！」夏沛然聳肩。

「可是……」

「沒有可是，你大可跟我一樣置之不理，然後將結果如實告訴游泳隊教練。」

韓宗珉表情僵硬，像是被逼著吞下了一隻蒼蠅。

「如果你承受不了失敗，不想你的教練和隊友對你失望，你就該努力去爭取。這事成定局了嗎？還有沒有挽回的機會？你還沒嘗試，就要認輸了？倘若不能保證成功，你一開始就不該說大話。」夏沛然刀刀見血。

「我努力嘗試過了！只是……」

「只是遇到美國大兵，你就退縮了。」夏沛然看得很明白，「你老是說自己和我們不一樣，所以我以爲你比誰都清楚，你只能依靠自身的實力，去獲取想要的東西。說眞的，瑞瑞學妹加不加入游泳隊，不是你的責任，是你想要以此換取眾人的另眼相待，你早該知道這件事沒有這麼容易，不是嗎？現在開口閉口就是不可能、沒辦法，你還記得自己當初是怎麼打敗眾多優秀的競爭者，得到德役的入學名額和獎學金嗎？」

韓宗珉沉默了，好久都說不出話。

他當然記得，爲了得到德役的入學名額，自己曾經付出多少代價。

「我只是不曉得還能怎麼做。」他的聲音幾不可聞。

「沒關係，我教你一招。」夏沛然得意地對上他詫異的眼神，「我不是說過，我有辦法跟美國大兵搶人嗎？保證瑞瑞學妹寧可不顧心上的傷痛，重返泳池，也要躲美國大兵躲得遠遠的。」

「那你快說！」

夏沛然對韓宗珉勾勾手指，等他靠近了，才在他耳邊說悄悄話，韓宗珉聽完面露遲疑。

「這不好吧？又不能確定那些事是不是眞的？」

「是眞是假重要嗎？反正我告訴你了，做不做，決定權在你。」

這段對話在韓宗珉心裡盤據了好幾天，而出主意的夏沛然彷彿沒事人般，再也沒追問過後續。

✦

嘩啦一聲衝出水面，韓宗珉雙臂撐著泳池邊，一個用力爬上岸，準備結束今日的游泳訓練，正打算去沖洗、換衣服時，教練叫住他，問他約談馮瑞軒的事進行得如何了？

「她最近有點忙，我會盡快安排的。」韓宗珉含糊地說。

教練沒多說什麼，只重重嘆了口氣。

耽誤了點時間，韓宗珉沖完澡回到社辦，正要開門，卻聽見裡面傳來兩名隊友的聲音，他腳步一滯。

「你覺得他能搞定馮瑞軒嗎？」

「都過多久了？肯定沒戲了啦。之前看他那麼有把握，我還期待了一下。」

「對啊，聽到他把人帶去找美國大兵，放了教練鴿子，我都快笑死了，怎麼會把事情辦成那樣？」

「韓宗珉只顧著表現，卻不看看自己有多少能力，現在把事情搞砸了，你沒發現他都不敢正眼看我們了？就讓他自己收拾殘局吧。」

韓宗珉默默走開，直到隊友們走了，才進入社辦，打開置物櫃，從裡頭取出兩張照片。

一張是從報紙上剪下來的，十歲的馮瑞軒站在游泳比賽的頒獎台上，如果比對夏沛然翻拍的照片，就能發現是同一個時期；另一張是她去年參加全中運的照片，他也去了現場觀賽，並為她俐落優美的泳姿深深吸引，不由自主地拍下這張照片且沖洗出來，和剪報一起收藏在置物櫃深處。

夏沛然說得沒錯，馮瑞軒要不要繼續游泳，跟他沒關係，對韓宗珉來說卻不一樣。

他想看見馮瑞軒如同水精靈般恣意在水中穿梭，看見她拿回屬於自己的榮耀，甚至登上更高的地方，得到世人的掌聲及喝采，綻放出燦爛耀眼的笑容。

然後……

韓宗珉把照片放回原處，鎖上置物櫃，快步離開游泳池。

韓宗珉三番兩次約馮瑞軒私下見面，都被她以各種理由推脫了。

雖然沒有當面把話說死，但馮瑞軒似乎已下定決心，不願再和他有接觸。

他裝作不理解馮瑞軒的意思，死皮賴臉地糾纏她，不時詢問她何時方便，終於馮瑞軒拗不過他的堅持，兩人一樣約在上次的小花園碰面。

「抱歉，學妹，我不想打擾妳，但我有很重要的話要跟妳說。」

面對馮瑞軒淡漠的神情，他苦笑了下，語氣眞摯：「之前夏沛然說的，也是我想說的話，就算無緣當隊友，我也還是想跟妳做朋友。」

馮瑞軒頭低低的，沒有回話。

「看到妳有了新的興趣和目標，我很爲妳高興，也打從心底祝福妳……只是我沒想到妳會選擇武術社，我當下很震驚，並且很擔心妳。這段時間我一直煩惱著該不該將這件事告訴妳，掙扎到最後，我認爲妳有知情的權利。」

馮瑞軒抬起頭，臉上的淡漠褪去了些。

「是關於史密斯老師的某些傳聞。」韓宗珉說。

見面以來，女孩第一次開口，「什麼傳聞？」

總算吸引了馮瑞軒的注意力，韓宗珉忐忑的心安定了大半。

「三年前，有一名武術社的女學生忽然間下落不明，不久就傳出她的死訊。」

周圍竟似霎時變得安靜無比，只剩下韓宗珉的聲音幽幽地響起：

「聽說，她是被史密斯老師害死的。」

# 第二章

青少年的嘻笑和孱弱的呻吟，從巷子深處傳了出來。

因爲道路施工，譚曜磊臨時起意繞小巷子回家，竟撞見了這樣一幕。三名穿著校服的高中男生對一名蜷縮在牆角的老遊民拳打腳踢。

「喂，住手！」譚曜磊出聲喝止。

少年們回頭打量他，鄙夷哂笑。

「干你屁事？滾開啦！」

「欸！大叔，你是這老頭的同伴嗎？是不是我們占了你睡覺的位子？不好意思喔！」其中一個少年一隻腳踩在遊民的手上，態度囂張。

「把你的腳移走，然後離開。」

譚曜磊毫無力度的命令句再度惹來他們的訕笑。

「哇，大叔好凶，我好怕怕，怕到我都站不穩了。」少年故意加重腳下的力道，老遊民嘴裡逸出痛苦的哀鳴。

譚曜磊一個箭步上前攫住少年，俐落地將他的手扣在背後，推到牆邊，少年臉頰緊貼著牆，動彈不得，痛得哇哇大叫。

其餘兩名少年被震懾得往後退開一步，又氣又慌地要他放人。

譚曜磊沒與少年多計較，一鬆手，幾個少年落荒而逃，而他蹲下身查看老遊民的傷勢，所幸只是些皮肉傷，並不嚴重，他問道：「老先生，您有可以住的地方嗎？還是我幫您聯絡社會局……」

「喂，臭大叔！」

譚曜磊剛抬起頭，額上便是一陣劇痛。

恍惚間感覺到濡濕的液體滑下臉龐，譚曜磊不禁吃痛低吟，眼前一片模糊，待他找回了焦距，只瞥見腳邊一塊帶血的石頭，折返回來行凶的少年已經跑開了。

譚曜磊掏出店家給的餐巾紙按壓止血，對一臉擔心的老遊民擺擺手，再三確認對方不需要幫助後，便把手上提的午餐留給他，起身回家。

譚曜磊沒想到會有人站在他家門前等他。

「小霖。」

低頭滑手機的葉霖聞聲扭頭望來，笑容燦爛地揮手，「姊夫，好久不見。」

當譚曜磊走到了眼前，葉霖皺眉驚詫問道：「姊夫，怎麼回事？你怎麼受傷了？」

「沒事。」譚曜磊招呼他進屋，簡單說了下剛才發生的事，隨後問他：「怎麼不說一聲就來了？」

「還說呢，你的手機根本就打不通！」葉霖抱怨，看著譚曜磊頭上的傷又是擔心又是想笑，「還好嗎？需不需要去醫院？居然被高中生丟石頭打破頭，還真不像是你會遇到的事。」

譚曜磊眉一挑，不是很懂這句話的意思，卻也沒打算追問。

他清掉客廳桌上的微波食品空盒和空酒瓶，走進廚房想找點什麼東西招待客人，打開櫃子卻空空如也，只剩一包即溶咖啡。

「姊夫，你都沒有好好吃飯吧？」葉霖跟在他身後，對著同樣空空如也的冰箱嘆氣，「至少也買些水果放在家裡，再這樣下去，你的身體遲早有一天會垮掉。」

「你變得嘮叨了。」譚曜磊拿出最後一包咖啡，加熱水沖泡，遞給葉霖。

「我也沒料到會有嘮叨姊夫的一天。」葉霖認眞地上下打量譚曜磊，發現他頭髮摻雜幾根銀絲，眼角和嘴角都有掩不住的滄桑，不禁有些難過，「你又瘦了，才三十八歲的人，跟個糟老頭一樣。」

譚曜磊揚起嘴角，「你在模仿你大姊說話？」

「聽得出來？看來我挺會模仿的。」葉霖頑皮地笑了。

「最近過得好嗎？」他問。

「很好啊。老爸老媽、二姊三姊也都很好，下星期我就要去新加坡參加三姊的婚禮了。」

「那你幫我帶個紅包給她，不必說是我包的。」

「欸，我又不是來討紅包的，不過就算讓三姊知道你包紅包給她，她也不會怎樣啊。」

譚曜磊笑容浮現一絲落寞，「我不想破壞你姊姊結婚的好心情，還是別提了吧。」

葉霖喝了口咖啡，突然說：「姊夫，我剩一年就要畢業了。」

「嗯？是嗎？」

時間竟不知不覺過去得這般快，葉霖彷彿昨日還只是個青澀的大一新生。

「之後有什麼打算？考研究所還是就業？」譚曜磊關心地問。

「準備警察特考，成爲一名警察。」

譚曜磊臉色瞬間沉了下來。

「我不只想當個警察，目標還是加入維安特勤隊，所以很努力鍛鍊自己。」葉霖輕聲說：「從很小的時候，姊夫你一直是我嚮往成爲的對象，去年發生的那件事，使我下定了決心。我知道這等於是在姊夫的傷口上灑鹽，但我不想對你說謊。」

譚曜磊眼角重重一抽，「你爸爸同意？」

「當然不，他說要是我去當警察，就跟我斷絕關係，爲此還斷了我的生活費，所幸有二姊和三姊的金援，我才能全心專注學業，不用去打工。雖然姊姊們也不希望我走這條路，但還是支持我的決定。」葉霖雲淡風輕地說。

譚曜磊無力地坐了下來，痛苦地開口：「你爲什麼要這樣？」

「沒有爲什麼，我只是想保護我愛的人，我不想再經歷那樣無助的感受……特別是小蒔走了之後。姊夫，我這麼說不是在怪你，我想大姊和小蒔也和我一樣，她們自始至終都以你爲傲。」葉霖坐在譚曜磊身邊，看著手中咖啡冉冉上升的熱氣，堅定地說出心裡的話。

「別說這種話了。」譚曜磊啞著嗓子反駁，「我只知道，若不是我，你爸媽不會失去他們的寶貝女兒和外孫女，我不能讓他們再失去你。」

「姊夫，那件事不是你的錯，我想要當警察也是我個人的選擇，你不需要把所有的責任都攬在身上。」

「那你能說你要當警察，和你大姊與小蒔的死沒關係嗎！」譚曜磊大聲暴喝。

葉霖沉默了。

「小霖，別這樣。你可以有很好的前途，我眞的不希望你踏上這條路，要是有個萬一，我怎麼面對你的家人？別說這輩子，下輩子我都彌補不了他們。」譚曜磊聲音顫抖，不自覺紅了眼眶。

「姊夫，你可能不記得了，我小時候，你念過一本叫《飛越山洞的多多》的繪本給我聽。」

葉霖話鋒一轉，開始說起繪本的故事。

「多多是出生就被丟棄在山裡的鳥，夢想是有朝一日能見到海洋。朋友告訴牠，只要穿過全世界最深最黑的山洞，就能實現夢想。不過那個山洞實在太深太長，一旦進入，就會慢慢忘記自己原本進山洞的目的，所以從來沒有動物能順利穿越，牠們都迷失在山洞裡。而多多不顧朋友的勸阻和嘲笑，堅持踏上旅程，最後成功飛越過山洞，抵達了大海。」

雖然確實想不起這段回憶，譚曜磊還是默默聽下去。

「當時你跟我說，多多是個了不起的英雄，因為牠即使飛行在黑暗的山洞中，看不到前方的道路，卻始終沒有放棄。可是我後來想起這個故事，認為多多之所以能夠成功，除了不屈不撓的毅力，還有一個關鍵原因。」葉霖笑了，問他：「姊夫，你知道多多是什麼鳥嗎？」

譚曜磊搖頭。

「多多是海鷗。」葉霖說：「即使從小在山裡長大，多多身上仍擁有海鷗的天性，牠其實是跟著牠的本能走，大海在召喚牠。因此就算中途曾經迷失方向，牠還是能找到回歸大海的路，那本來就是牠的歸處。」

「我不是多多。」譚曜磊硬聲回。

「你是，正因為你是，所以我從小就憧憬著能像你一樣，所以大姊才會不顧一切也要嫁給你。對我來說，在漆黑冰冷的路途中，還能不忘自己是誰，選擇繼續前行的人，才是真正的英雄，你在我眼中就是這樣的人。你只是飛累了，暫時停了下來，你總有一天會離開山洞，這點我從沒懷疑過。」

譚曜磊沒再答腔。

葉霖也不再多言，只說：「我在老家找到這個，今天特地送過來給你。」

說完，他放下一樣東西，起身道別。

譚曜磊恍恍惚惚，獨自在客廳坐了良久。

直到瞥向葉霖留在桌上的一張圖畫紙，他才徹底回過神來，小心翼翼地拿起邊緣泛黃的畫紙，深怕一個太用力，這紙便破了。

即使蠟筆線條扭曲、筆觸稚嫩，仍能清楚分辨畫的是兩大一小的一家人，最高大的那個身影穿著藍色的刑警背心，右手高舉敬禮，旁邊歪歪斜斜地以國字摻雜注音寫著「英雄爸爸」四個大字。

思念的情緒再也控制不住，一點一點地隨著眼淚滴落。

從超商買完便當，譚曜磊提著餐點回家，卻看到家門前停著一台轎車。

李哲站在車外一邊打電話，一邊不斷張望，很快便發現了譚曜磊，揚聲高喊：「隊長！」

見到許久未見的昔日下屬，譚曜磊既高興也納悶，今天是什麼日子，竟接二連三有人來訪。而轎車的後座車窗隨即降下，露出一張帶著威嚴的親切臉孔，才真正令譚曜磊吃驚。

「局長！您怎麼也來了？」

刑事警察局局長打開車門下車，「阿磊，好久不見了。」

譚曜磊額上的腫包立刻引起兩人的關注，傷口早已止血，卻腫了好大一塊，還呈現可怕的紫黑色血瘀，看上去十分嚇人。

「有高中生能傷到你？」李哲一臉不可思議，「現在的高中生都這麼厲害了嗎？」

譚曜磊不知道該說什麼，便不接話。

江局長隨譚曜磊進屋，留李哲在外等候，譚曜磊頓時有些警戒，但馬上放鬆了下來，自嘲地笑了笑。他已經遠離了那種戰戰兢兢的日子，現在的他有什麼好防備的？又有什麼可失去的呢？

「阿磊，你眞的不打算回來？」江局長直接說明來意。

譚曜磊有些意外，時隔一年，他以爲江局長早已放棄說服他，但他還是搖搖頭，「不了，局長，我沒有做刑警的資格。」

「唉！你啊……」江局長頗有些恨鐵不成鋼，「勸你復職，其實是署長的意思。」

「您說署長？」譚曜磊一愣。

「對，他指名你接下這項任務。」江局長從隨身的公事包取出一個牛皮紙袋遞給譚曜磊，「阿磊，你天生是吃這行飯的，我不希望你埋沒了你的能力。」

接到署長下達的指令，江局長雖然不得其解，卻也爲譚曜磊感到開心。譚曜磊曾是他手下最傑出的偵察隊長，破獲國內許多大案，若不是發生了去年那件事……那時，譚曜磊原本執意辭職，在他的百般勸慰下，才勉強同意接受留職停薪。

與譚曜磊的這次會面，更加深了他找回譚曜磊的決心——

這個優秀的警察，不該是今日這副頹廢的模樣！

譚曜磊沒有打開牛皮紙袋，反問：「這是？」

見譚曜磊遲遲未動，江局長索性直說：「德役完全中學你知道吧？在德役就讀的一名國三女生，接到了死亡威脅，警方受德役吳校長的請託，派員保護這孩子。」

譚曜磊知道這所知名的貴族學校，由於聚集了眾多權貴子弟，容易被不肖分子盯上，像是同樣就讀德役的地產大亨之子，去年就曾遭歹徒當街擄走，所幸在校方與警方的配合下，順利救出人質。

「查過她身邊的人了嗎？」譚曜磊情不自禁地問。凡走過必留下痕跡，特別是現代科技發達，照理說找到嫌疑人並不難。

江局長欣慰地看了譚曜磊一眼，他不自在地別過眼神。

江局長不急著勸說，繼續往下說明案件，「查過了，但這孩子生活單純，家境也只是小康，實在找不出被針對的理由。然而她已經遭受數次襲擊，直到轉學至德役後才沒有再發生，一方面是德役在安保系統的設置上著實健全嚴密，另一方面則是那名女學生住校，平日足不出戶。說來奇怪，警方不但追查不到嫌犯，也匡列不出懷疑的對象，目前不排除隨機犯案的可能性。」

兩人默契對視，誰也沒說破這機率小到幾乎可以不論。

「現在這孩子在德役，飲食起居有人照料，安全暫時得到了保障，只是由於其家人生病，必須於週末離校返回台中老家探望，基於某個原因，警方將派員隨行護衛。」

「但為什麼是我？我並沒有相關的經驗和功績。」這是譚曜磊覺得最不解的地方。

「阿磊，你別小看自己。」

「我沒有能力可以保護誰，相信有很多警察比我更能勝任這項任務，我很感謝您和署長對我的厚愛，但還是請您替我向署長推了吧。」譚曜磊將資料推回去。

「你親自回覆他吧。」江局長嘆了一口氣，「我來之前，署長便交代我，無論你是否同意，他都想要見你一面，和你當面聊聊。等你見過署長，了解署長執意要你接下這項任務的理由，再做決定也不遲。」

譚曜磊怔愣不語。

江局長向譚曜磊告辭，兩人一步出屋外，李哲就興沖沖地湊上前來。

「隊長，局長跟你說了吧？你要回來了嗎？」得知局裡有意讓譚曜磊盡早復職，李哲自告奮勇陪同局長走這一趟，就是想第一時間聽到好消息。

譚曜磊搖頭，「李哲，我已經不是你的隊長，別再這麼喊我。」

李哲大失所望，固執道：「在我心中，你永遠是我的隊長！」

譚曜磊僅是拍拍他的肩，並對江局長點頭示意。

車子駛離的那一刻，李哲還降下車窗探頭對著他喊：「隊長，你要記得開機，別再不接我電話，我們找時間一起吃頓飯，不然喝酒也行！」

譚曜磊沉默地站在原地目送兩人離開。

✦

收到警政署署長親自來電後，譚曜磊駕車前往羅署長的住處。

多年的警察直覺告訴譚曜磊，這起學生被恐嚇的案件，恐怕不若表面上單純，否則何須羅署長這種層級的人插手，還要求譚曜磊前往他家祕密會談。

羅署長住在市中心的一棟豪華公寓大廈中，譚曜磊在大門警衛室登記了身分資料，顯然署長早已吩咐過，保全迅速放行，他一走進金碧輝煌的大廳，羅署長立即從會客區的沙發上起身，顯然已經等了他一陣子，他心裡霎時咯噔一聲。

「家裡只有我一個人在，我老婆帶我兒子女兒出國玩一陣子。你不必拘束，請坐。」

領譚曜磊上樓進到屋裡，羅署長熱情地招呼他，並親自為他倒茶。

譚曜磊接過冒著熱氣的茶杯，不動聲色地想著，署長的子女應該都還在就學，現在是學期中，就這樣放下學業出國玩一陣子？

「你也休息一年多了吧？這段日子都在做什麼？」羅署長關心地問。

「沒做什麼，就一天一天過日子。」譚曜磊輕描淡寫地帶過。

兩人陷入沉默，直到羅署長放下茶杯，在玻璃桌面上發出清脆的聲響。

「曜磊，你是一名非常出色的刑警，眞的不考慮回來？」

譚曜磊緩緩搖頭，「您也清楚發生在我身上的事。我不是不願再當警察，而是不能再當警察，對於您的賞識，我很感激，但很抱歉。」

羅署長微微垂下頭，再抬起時，面色明顯轉爲凝重，「你從江局長那裡了解事情的大概了吧？我跟你說實話，這不僅是一件單純的恐嚇傷害案。」他深吸一口氣，站起來對譚曜磊彎下腰，「拜託你，請你幫幫我。」

「您這是在做什麼！」譚曜磊連忙扶起羅署長，「這到底是怎麼一回事？」

羅署長神情滿是疲憊，他離開客廳，再回來時，手中拿著的正是譚曜磊之前不願拆閱的那個牛皮紙袋。

事已至此，譚曜磊感覺難以推拒，只得接過，抽出袋中文件閱讀。

羅署長沉聲道：「我確實希望你能回警界效力，卻不想強人所難。眞正指名你來保護馮瑞軒這個孩子的，不是我也不是德役校長，那個人威脅我，如果你不接受這項任務，我的家人就會有危險。」

譚曜磊飛快看過那疊資料。

馮瑞軒，女，十五歲，就讀德役完全中學國中部……

後面還有一些承辦員警對恐嚇攻擊案件的調查紀錄，以及馮家的人際關係描述，如局長所說，無異常之處……等等，也不是完全沒有異常，背景一般的馮家人爲何能與德役校長吳德因時常來往？雙方是怎麼認識的？

「那通電話沒有經過轉接，直接打到我的辦公室，事後追蹤通聯紀錄，對方使用的是沒有登記的手機預付卡，並且用過一次就拋棄了。我當即派員保護我的家人，但……」羅署長搖搖頭，面色凝重，「事情發生得猝不及防，接到那通電話的隔天，我的妻子在陽台曬衣服時，沒有任何外力的影響，身後的落地窗突然碎裂一地；同一天稍晚，我兒子在學校上課，課桌上的書本冷不防竄出火苗，所幸暗中護衛的警員反應及時，撲滅了火勢，才沒造成傷害。」

「不是意外。」譚曜磊用的是肯定句而非疑問句。

「不是意外。」羅署長說：「我家人出事當天，我又接到了電話，在這通電話裡，對方表明了身分，她的名字是蕭宇棠，三年前是德役高二學生。」

「德役高二學生？」譚曜磊從羅署長的話中察覺不對。

「沒錯，她只在德役讀到了高中二年級。三年前，德役發生了建築物毀損崩壞事件，在那之後沒多久，她便和校醫康旭容從校園裡失蹤，自此下落不明，直到現在才突然出現。」羅署長深深望入譚曜磊的眼睛，沉聲問：「你認識她嗎？」

「我第一次聽到這個名字。」譚曜磊想也不想便答，他敏銳地感覺到羅署長對他有了些許疑心，這也很合理，換成是他，他也會覺得奇怪，爲何蕭宇棠如此大費周章指名他接下這項任務。

羅署長看了譚曜磊很久，最後才說：「我相信你。」

然而這句話之後，羅署長遲遲未再開口，只見他緊緊皺眉，幾次欲言又止。

「署長？」

「沒事，我只是不曉得該怎麼啓齒，畢竟這是我有生以來遇過最不可思議的事。我還是很難相信，這種人居然眞的存在這世上……」

儘管心中浮現疑惑，譚曜磊仍安靜等待羅署長平復心情。

「接下來我所說的話，是最高機密，你不得對任何人提起，就連私下調查，都必須非常小心謹愼，不能留下任何痕跡。」羅署長表情嚴肅，「關於蕭宇棠，你不能把她當作一般人類看待，她其實是個……病人。」

「病人？」

「對，她是相當特殊的病毒感染者，她身上的病毒，激發出體內的異能，你可以把她想像成是科幻電影裡的異能者，蜘蛛人、X戰警……之類的。」羅署長擺擺手，聲音乾澀，「總之，她具有某些超自然的力量，已知她能遠程操控物品以及控制熱能，再多……

就不清楚了。」

「您是說夫人和令郎受到的攻擊，都是來自於一名異能者？」譚曜磊瞪大眼睛，難以置信。

「嗯，確實可以這麼說。」羅署長眼神閃爍。

譚曜磊定睛一看，羅署長神態已恢復如常，他懷疑或許是自己看錯了。

「蕭宇棠並不是唯一的病毒感染者，這世上究竟有多少人受到感染，目前尚不得而知，但這件事絕對不能公開，一旦公諸於世，將引發社會巨大的恐慌，後果不堪設想。」

譚曜磊腦子一片混亂，羅署長所言超出了他的認知與想像，他有太多的疑問，卻不知該從何問起。

「一查出蕭宇棠的身分，我便以意外和惡作劇電話爲由結案，撤除了警力保護，同時安排我的家人出國避風頭。」羅署長說：「我不知道蕭宇棠和馮瑞軒有什麼關係，也不知道她爲什麼指名你去保護馮瑞軒，但我信任你，我希望你能復職，一方面安撫蕭宇棠，不讓她做出更激烈的行爲，一方面私下調查眞相。茲事體大，攸關社會安定與人民安全，除了你，沒有其他更好的人選……拜託你了。」

訊息量過於龐大，內容也過於離奇，譚曜磊一時無法思考，他請羅署長給他幾天考慮的時間，便頭重腳輕地離開了。

那天晚上，他坐在電腦前，登上各大論壇和新聞網站搜尋關於德役的資訊，畢竟蕭宇棠和馮瑞軒同樣曾就讀於這所學校，這是兩人目前最大的共通之處，也是最容易著手的切入點。

他更企圖在繁雜的資訊中，找出和蕭宇棠有關的消息，特別是羅署長提到的三年前德役建築毀損事件，倘若他沒有理解錯誤，這件事應與蕭宇棠脫不了關係。而他也確實搜尋到三年前德役國中部圖書大樓因整修暫停開放的校方公告，但奇怪的是，公告裡對造成建築損毀的原因卻隻字不提。

問題來了，德役校方知道蕭宇棠身負異能嗎？若是知情，在馮瑞軒一案中，德役校方又扮演著什麼樣的角色？

想不明白的地方太多，譚曜磊不知不覺間趴在桌上睡了過去，醒來時先是呻吟了一聲，感覺到肩頸僵硬、全身痠痛，向上伸展都能聽見骨頭喀喀的聲音。

難得沒有噩夢的干擾，這一覺睡了超過八小時，他往窗外一看，天色已大白。

經過一夜的沉思，譚曜磊還是無法決定是否該蹚這趟渾水，這水太深，而他目前所獲得的訊息太少，一覺醒來，渾沌的腦子變得清明後，他細細回想羅署長的一言一行，可以肯定羅署長語帶保留，很多細節都含糊不清地帶過。

手機的訊息提示音打斷譚曜磊的思緒。

許久未曾使用手機了，乍聽之下，那聲響竟令他感到有些陌生。

譚曜磊摸索了一下，才找到昨晚隨意丟在角落充電的手機，點開通訊軟體，累積了幾個月的未讀訊息彷彿炸開來一般，他皆視而不見，只看對話列表最上面的那個名字。

是李哲。

「隊長，不是說好要記得開機嗎？怎麼電話還是打不通、訊息也不讀？」

「再不回訊息，我就直接去找你了！」

「就今天吧，我下班後去找你吃飯。說好了啊，隊長你可別亂跑。」

這小子！沒人理他還能自說自話。

譚曜磊失笑。

李哲是他的後輩，他帶了李哲三年，李哲的性格始終是一根筋，認定了什麼就不會輕易更改。自從發生了那件事後，他幾乎與外界斷了聯繫，手機想到才開，沒電了就擱在一旁，擱久了也就渾然忘了自己還有這隻手機。一開始朋友們還會時常傳來關心的問候，總不見他回應後，漸漸地就少了，最後只剩下李哲仍惦記著他，一年到頭訊息從不間斷。

要是再不搭理他，李哲眞的做得出直接殺上門的舉動。

譚曜磊有些生疏地打字回覆李哲，打算如這小子所願，今晚一起吃個飯。至於羅署長所提的那項任務，勢必得再和羅署長見面談一次了，要是羅署長一直未能坦誠相告，他沒有理由答應接下，反正羅署長的家人已安置在國外，人身安危理應無虞。

譚曜磊回訊息回到一半，一通電話打進來，對方並未顯示來電號碼，他頓了一下，還是接聽了。

「喂？」

「是譚曜磊先生嗎？」電話另一頭是一道陌生的女聲，非常尖細稚嫩，如同小女孩一般。

「我是，妳是哪位？」

「我是那個希望你能重新做回警察的人。」

譚曜磊下意識握緊手機，屏住呼吸，「妳是蕭宇棠？」

「我是，看來羅署長已經告訴你了。」她大方承認，「那我提出的要求，你同意嗎？」

「妳究竟想要做什麼？」譚曜磊冷冷地質問：「讓我去保護馮瑞軒？在妳犯下了恐嚇和傷害罪之後？妳的目的應該不僅如此吧。」

「如果我說，我本來就沒有打算傷害羅署長的妻子兒女，而我的目的，就只是想讓你順利復職呢？」

「我和妳有什麼關係？需要妳來安排我的工作？」譚曜磊冷哼一聲，「惡作劇也該有個限度，裝神弄鬼到警察署長的頭上，即使沒有造成實質上的傷害，妳也必須承擔相對的刑事責任！」

蕭宇棠安靜了一秒，而後輕輕笑了，「裝神弄鬼？羅署長是這麼對你說的嗎？還是……你自己這麼認為？」

譚曜磊不說話。

「既然如此，不如你親眼確認什麼才是事實，如何？」

「什麼意思？」

蕭宇棠說了一個地址，「今天晚上七點，我在那裡等你。」

說完她便掛了電話，譚曜磊皺著眉，久久不動。

下午五點，譚曜磊驅車離家，前往郊區，打算提前去探點。

途中他反覆回想羅署長的話。

「這是我有生以來遇過最不可思議的事。我還是很難相信，這種人居然真的存在這世上……」

「關於蕭宇棠，你不能把她當作一般人類看待，她其實是個……病人。」

「她是相當特殊的病毒感染者，她身上的病毒，激發出體內的異能，你可以把她想像成是科幻電影裡的異能者，蜘蛛人、X戰警……之類的。」

愈往都市外圍駛去，道路兩旁的高樓變成低矮的平房，路上行車也愈來愈少。譚曜磊打了方向燈，將車子停靠在路邊，看向前方那一棟荒廢的工廠，淹沒在胡亂生長的灌木雜草間，如同蟄伏在陰影中的龐然巨獸。

一陣呼嘯的摩托車聲從後方傳來，而後摩托車直接停在譚曜磊的車旁，當騎手摘掉安全帽，譚曜磊驚訝出聲：「李哲？」

「隊長，眞的是你。」李哲一臉開心，「我剛好在這附近查案，看到像是你的車經過，便跟了上來，果然沒看錯。」

居然會這麼巧。譚曜磊揉揉太陽穴，想著怎麼打發李哲離開。

李哲朝工廠探頭探腦，「隊長，你來這種地方做什麼？」

「我……來散散心，等會兒就走，你先回去！」情急之下，譚曜磊隨便找了個藉口，但一說出口就後悔了。

「散心？」李哲疑惑地看了譚曜磊一眼，「來這種鬼地方散心？」

譚曜磊一時語塞。

忽然李哲像是想到了什麼，竟興奮地自行找到了解釋，「我想起來了！這裡不是那個有名的廢墟鬼屋嗎？所以隊長你是來這裡找刺激的吧，我跟你一起去！」

說完，李哲不等譚曜磊，迫不及待地跳下摩托車，逕自衝進廢棄工廠。

「李哲，別進去，快點出來！」

然而李哲早已一溜煙不見人影，譚曜磊低咒一聲，只得快步跟了上去。

「李哲？」譚曜磊不由得心急，蕭宇棠隨時可能會出現。「李哲，別玩了，快出來！」

天空只剩下一點餘暉，譚曜磊打開手機的手電筒照明，工廠裡的大型機器都已搬走，廠內盡是鏽蝕傾頹的鐵架，和腐朽的木板。

無論譚曜磊怎麼呼喊，都得不到李哲的回應。

譚曜磊急得大吼：「李哲，你在哪裡？」

「我在這兒。」

李哲的聲音終於響起，聲源來自右邊。譚曜磊鬆了口氣，用手電筒朝那方向晃了晃，看見一間辦公室，他走過去，站在辦公室門口，燈光掃過，卻被眼前所見嚇得心臟猛地重重一跳。

李哲垂頭坐在牆邊，像是睡著般，動也不動。

「李哲，你怎麼了？」譚曜磊奔至李哲身邊，拍他的肩膀，卻怎麼也叫不醒他。

譚曜磊臉色大變，正要伸手確認李哲的生命跡象，卻聽見背後有人發話：「他只是昏過去了。」

那是李哲的聲音。

譚曜磊轉過身，一道黑影神不知鬼不覺地出現在辦公室門口。

「妳是誰？」譚曜磊厲喝，將手電筒對向來人，清楚照射出年輕女子的模樣，儘管身形纖瘦的她反常地在暗處戴著墨鏡，仍能看出她相貌美麗，看起來毫無威脅性。

但譚曜磊並未放鬆戒心，他緊盯著女子，心裡有了猜測，「妳是……蕭宇棠？」

女子朝他頷首，開口依然是李哲的聲音，「您好，譚警官。」

除了語氣，彷彿就像是李哲在說話，譚曜磊不覺驚異，眼看蕭宇棠邁開步伐，朝他愈走愈近，他脫口而出：「站住，別再靠近了。」

蕭宇棠表示友好地停下腳步。

譚曜磊既擔心身後的李哲，又不敢移開視線，一時沒有任何動作。

蕭宇棠似乎察覺到他的為難，主動說：「放心，你的朋友沒事，我只是暫時『借用』了他的聲音。」

看著譚曜磊質疑的神情，蕭宇棠笑了。

「我不只能用他的聲音說話，只要我想，我還能將自己的容貌變成他的，但是這樣就不僅僅是『借用』，他恐怕會因此性命不保，所以我不會這麼做。」

……她在說什麼？譚曜磊心中浮現疑惑

下一秒，蕭宇棠又換成譚曜磊在電話裡聽過的那道細柔女聲：「而這個，也不是我真正的聲音。你知道這點就好，至於其他，時間有限，下次有機會再說吧。」

說完，蕭宇棠舉步朝李哲走去。

譚曜磊顧不上消化她話裡的意思，見狀連忙斥道：「不許動！」

「抱歉，為了安全著想，我得再次查看你朋友的記憶，我保證不會傷害他。」

「我沒在跟妳說笑。」譚曜磊掏出預藏在外套內側的手槍，將槍口對準她的臉，「再靠近一步，就別怪我開槍。」

「你私藏槍械？據我所知，你仍未復職，這樣算不算知法犯法？」

「與其關心這些，還是先交代妳找我過來的原因吧。」譚曜磊毫不動搖，冷峻地說。

「在這之前，我必須先確認，你的朋友是無意間來到這裡，還是受人指使？這點不管對我還是你，都非常重要。」蕭宇棠舉起雙手，表情嚴肅認眞，「只要我有任何不軌的舉動，你隨時可以殺了我。」

即使近距離被槍指著頭，蕭宇棠仍然不卑不亢，無所畏懼地與他對視，譚曜磊發現自己竟有點被她說服了。

在譚曜磊的默許下，蕭宇棠越過他，蹲在李哲身邊，並將手搭在李哲的頸部。

不久，蕭宇棠站了起來，輕描淡寫道：「看來你這朋友喜歡冒險和刺激，對於鬼屋探險樂此不疲，也難怪他一看到這間工廠就衝進來，還眞是巧合了。」

「妳怎麼知道？」

「我可以藉由觸摸，『看見』他腦中的記憶。」蕭宇棠對上譚曜磊驚疑不定的眼神，簡單說明，「也不是毫無限制，如果觸摸的時間太短，就只能看見這個人最在乎的過去，或是當下因爲環境和情緒激動，所喚起的相關記憶；觸摸的時間愈長，我看到的就愈多、愈詳細。」

她指著李哲，「就如你這位朋友，確確實實就是把進入這間工廠當成鬼屋探險了，也因此我『看到』的畫面，都是相關聯的回憶。我剛剛請你朋友『小睡』一下時太倉促，觸摸他的時間極其短暫，不能斷定他沒有其他目的，才需要再次確認。」

「妳以爲這麼說我就會信？」譚曜磊冷眼看她。

「不然請你親自試試看。」蕭宇棠對譚曜磊伸手。

見譚曜磊沒有反應，蕭宇棠催促道：「你來到這裡，不就是爲了驗證我的能力？」

經過一番心理掙扎，譚曜磊收起手槍，輕輕把手放在她的掌心，卻在觸碰到她的那刻怔了一下。蕭宇棠的體溫異常得高，暖烘烘的，像捧著一杯熱茶。

「這把槍是你偵辦最後一個案子時，從毒販身上查獲的吧？只是你還沒來得及提交，悲劇便已發生，所以你乾脆將這把槍隱匿下來，爲了有一天能復仇，是這樣嗎？」蕭宇棠沉吟道。

譚曜磊像觸電般猛然抽回了手，而蕭宇棠仍不受影響地繼續說下去。

「你既憤怒又怨恨，想要讓那些傷害你家人的人付出代價，但你過不去心裡那關，你無法違背一直以來堅守的原則，於是你曾把槍口塞入自己的嘴裡，企圖自戕，然而最終還是沒有摁下扳機。」

「夠了！妳住口！」譚曜磊面色鐵青。

「抱歉冒犯了你，但我很慶幸，你沒有選擇離開這個世界。這個世界需要你這樣的人。」蕭宇棠語氣誠懇地無比，「現在，你願意相信我，跟我好好談談了嗎？」

他這樣的人……

譚曜磊諷刺地笑了笑，沒有多說，他強壓下雜亂的心緒，正色問蕭宇棠：「羅署長說妳能夠操控物品和熱能，是眞的？」

「看到那塊木板了嗎？」蕭宇棠指著腳邊一塊廢棄的木材。

譚曜磊點點頭。

「仔細看好了。」

隨著蕭宇棠話音落下，譚曜磊眼睜睜看著木板上憑空生出一團火焰，不消幾秒，整塊木板就被吞噬在烈焰之中。

當事實擺在眼前，譚曜磊不得不信，蕭宇棠確實身負異能。

他瞪向蕭宇棠，腦中一片混亂。

今天之前，若和蕭宇棠在大街上擦肩而過，他只會當她是個普通大學生，不會想到在這樣一副纖細的身軀裡，竟潛藏著如斯恐怖力量。

「妳眞的是因爲感染了……某種特殊病毒，才擁有這些能力？」儘管理智上幾乎被說服了，譚曜磊心中仍覺得荒謬，什麼樣的病毒能夠導致一個人身上出現異能？又是如何感染的？

「你連這都知道了？沒錯，是眞的。」蕭宇棠大方承認。

「那妳想要我做什麼？」譚曜磊想不通這件事和他有什麼關係，以及爲什麼是他？

「我希望你答應前去保護馮瑞軒。」

「保護馮瑞軒？為什麼？」譚曜磊敏銳地捕捉到蕭宇棠話裡的重點，這時他也倏地想起，這整件事都因馮瑞軒這個孩子而起，於是大膽地提出猜測：「難道那個女孩也感染了病毒？」

蕭宇棠沉默不語。

「為什麼不回答？到底是不是？」譚曜磊連聲質問，「除了妳和她，還有多少感染者？」

「我知道這對你很不公平，但我現在無法直接告訴你。如果你想知道答案，就去到馮瑞軒的身邊，好好看著她。」

「看著她？」譚曜磊重覆咀嚼這幾個字，「這是要我監視她的意思？」

蕭宇棠默認。

「妳為什麼選擇我？」

「我遲早會告訴你原因。」蕭宇棠抬頭直直看著譚曜磊，「但相信我，這件事很重要，不僅僅對我重要，還有每個你在乎的人。」

譚曜磊無動於衷，問：「去到那孩子身邊，然後呢？」

「我希望由你來判斷，她是否具有危險性？是否會威脅他人的生命？」

「倘若答案是肯定的呢？」

「那麼，請讓我知道。」蕭宇棠彷彿說著一件再普通不過的事，「我會親手殺掉她。」

# 第三章

馮瑞軒從血淋淋的噩夢裡驚醒過來。

半夜三點，她頂著滿頭大汗從床上坐起，纖細的手指緊揪著棉被，隱隱顫抖。

她緊閉雙眼，來回做了幾次深呼吸，努力摒除腦中的雜念。

十分鐘後，身體的熱意逐漸退去，她疲憊地癱靠在牆邊，全身虛脫，手指鬆開棉被，摸索著拿起放在床邊的手機，睡前傳給母親的訊息，已經得到了回覆。

「奶奶很好，妳不用擔心。德因奶奶有沒有好好照顧妳？媽媽好想妳。」

馮瑞軒才在訊息框打出「我想回家」四個字，便停住手，又刪掉了，只看著母親的回覆無聲掉淚。

清晨六點，武術教室裡有一群穿著道服的學生正在進行訓練。

馮瑞軒獨自待在教室角落，閉著眼睛靜坐。

「啊！」有名女學生叫了一聲。

「怎麼了？」與她對練的友人愕然問道。

「不、不知道。」女學生抬手撫著太陽穴，眉頭緊皺，「我突然頭好痛。」

「搞什麼？這幾天老是有人喊頭痛，現在妳也這樣，不會是想引起美國大兵的注意吧？」友人揶揄她。

「才不是！我是眞的頭痛！」女學生不悅。

馮瑞軒眼皮微微跳動，放在膝蓋上的雙手緊握成拳，額上的冷汗沿著頰邊滴落，一陣強烈的暈眩襲來，她的身子驀地歪倒，引來其他學員的議論紛紛。

「哇，不妙，馮瑞軒又昏倒了！」

「她的汗也流得太多了吧？這樣下去會不會出事？」

見馮瑞軒臉色難看無比，剛才還在喊頭痛的女學生鼓起勇氣舉手：「老師，馮瑞軒看起來很不舒服，可以讓她休息一下嗎？」

在教室另一頭指導學員的史密斯，從頭到尾都沒有往馮瑞軒看過去一眼。

「我說過了，不必理會她。」史密斯無動於衷，「既然妳喜歡多管閒事，就帶著這份熱心去跑三圈操場。」

女學生被趕去跑操場後，其他人不敢再吭聲，各懷心思繼續練習。

晨練結束後，史密斯令眾人集合。

「今天有誰出現頭痛的徵狀？」

五名學生舉手，包括才剛氣喘吁吁跑完操場回來的那名女學生。

「一樣去找校醫檢查，解散。」史密斯吩咐完旋即離去。

馮瑞軒依然維持同一個姿勢倒臥在地上，一動也不動，卻無人敢上前關心，瞥了她幾眼便陸續走開。

當四周安靜下來，馮瑞軒才勉力撐起沉重的眼皮，透過模糊的視線，隱約看見有人走進武術教室。

那人來到她的身邊蹲下。

當天中午，馮瑞軒在合作社購買午餐時，巧遇那名在武術教室爲她說話的女學生，對方手裡拿著一盒巧克力。

馮瑞軒手上拿著結完帳的麵包和牛奶，不僅未對女學生早晨的仗義直言表達謝意，還漠然地掉頭就走，引起女學生友人的不滿，事情也很快傳入其他武術社成員耳裡。

隔天的晨練，同樣在角落靜坐的馮瑞軒再度體力不支倒地，所有人都不再大驚小怪，選擇視若無睹。

而馮瑞軒趁著眾人結束練習離開後，悄悄把兩盒巧克力放進那名好心女學生的置物櫃裡。

「聽說瑞瑞學妹今天又昏倒了。」夏沛然邊走邊滑手機。

「都第四天了耶！每天逼她靜坐一個小時就算了，人都昏倒了美國大兵也不管？他到底是怎麼想的？」韓宗珉大吃一驚。

「你第一天認識美國大兵？他這個人本來就很冷酷，真要說的話，繼續留在武術社的瑞瑞學妹比較怪。」夏沛然挑眉，「你把那個傳聞告訴她了嗎？」

「當然！但她還是不打算改變心意。」韓宗珉無奈道。

「這倒有趣，都聽說了傳聞，居然還沒對美國大兵敬而遠之。」夏沛然嘴角微微勾起，一臉似笑非笑，話鋒一轉，「你這幾天在游泳隊也不好過吧？」

「對啊，馮瑞軒去了武術社，教練氣死了，其他人也在背後酸我，唉。」韓宗珉輕輕嘆了口氣。

「但你好像沒有特別沮喪嘛，跟之前相比，我倒覺得這次你挺平靜的。」夏沛然斜眼看他。

「不然怎麼辦？我又沒辦法強迫她……」韓宗珉神情浮現委屈，「對了，有件事很奇怪，我跟馮瑞軒說了那個傳聞後，她似乎對蕭宇棠學姊很感興趣。」

「爲什麼？」

「不曉得，後來再碰面，她話裡關注的重點都是蕭宇棠學姊。」

「你們還有再碰面？」

「有啊，就在前天，今天中午也約好一起吃飯。聽到美國大兵那樣對她，我就想，乾脆別再勸她離開武術社，只要從旁對她付出關心就好，或許過不了多久，她就會承受不住，主動退社……」說到這裡，韓宗珉抱頭嚷嚷了起來，「一說出口就覺得自己好無恥，我居然期盼美國大兵讓她吃更多苦頭，超卑鄙的！」

「你在拐彎子罵我？」夏沛然的語氣聽不出情緒。

「不是，我很感激你出的主意，不然馮瑞軒一定不會再跟我來往，我是說眞的！」韓宗珉連忙澄清。

「我開玩笑的，你總算開竅了，做得不錯。」

韓宗珉靦腆地笑了笑，「不過現在有個問題，關於蕭宇棠學姊的事，我能說的都說完了，一旦她發現我沒什麼能再告訴她，她很可能就不會再見我了。」

「那你中午先打探她爲何那麼關心那個學姊，其他先不要多言，記住，裝作你還知道其他內幕的樣子，繼續吊她胃口，我會再告訴你往後該怎麼做。」

聞言，韓宗珉忽然表情古怪地盯著他，「欸。」

「幹麼？」

「我、我對馮瑞軒確實沒那個意思喔，如果你不喜歡我單獨跟她見面……」

「你把我想成什麼樣的人了？就算你也喜歡她，想要追她，我也不會有意見，追女生本來就是各憑本事。」

「那……」韓宗珉遲疑地開口，「關於馮瑞軒身上的那些祕密，你有什麼新發現嗎？」

「目前還沒有。」感覺到韓宗珉欲言又止，夏沛然坦然迎上他的目光，竟是笑了，「幹麼啊？」

「……沒事。」韓宗珉微微側過頭。

時間很快來到中午，韓宗珉和馮瑞軒在高中部校舍的天台用餐，馮瑞軒果不其然又問起了蕭宇棠。

韓宗珉按照夏沛然的指示先吊她胃口，佯裝不經意地不答反問：「我可不可以知道，妳爲什麼對她那麼好奇？」

馮瑞軒卻陷入了沉默，沉默的時間長到韓宗珉無法假裝沒有察覺，她並不想回答這個問題。

韓宗珉低下頭，盤算著該如何應對，無意間瞥見某個身影出現在中庭，他「啊」了一聲，引得馮瑞軒朝他看了過來。

「沒事，我只是突然看到夏沛然。」韓宗珉解釋，同時注意到夏沛然行進的方向，忍不住自言自語道：「他今天又要過去啊……」

「又要過去哪？」馮瑞軒巴不得能換個話題。

「保健室啊。」韓宗珉順口回。

「他身體不舒服？」

「可能吧，夏沛然很常去保健室。他說他不喜歡流汗的感覺，他爸媽還向學校反應，說他身體不好，不用去上體育課和武術課，而且他還以此爲由，時常正大光明跑去保健室睡覺。」

「他是眞的身體不好嗎？」

「不知道，我沒問過他，總覺得這涉及個人隱私。」

「你怕惹他不高興？」

「我這個人是挺常搞不清楚狀況的，也不會看人臉色，惹得別人不太高興，不過夏沛然倒是從來沒有對我動過氣……」韓宗珉忽然靈光一閃，既然自己沒有能力從馮瑞軒口中套話，不如讓夏沛然親自出馬。「學妹，下次吃飯我找他一起過來吧。很多蕭宇棠學姊的傳聞，我都是從他那裡聽來的，妳直接問他比較快。」

馮瑞軒頓了下，卻搖了搖頭。

「妳放心，他雖然嘴巴有點壞，但是個好人，只要妳開口，他一定會幫忙。」見馮瑞軒仍表示拒絕，韓宗珉失望道：「妳那麼討厭他啊？連和他吃頓飯都不願意？」

「我不知道怎麼跟夏沛然學長相處。」馮瑞軒收拾吃完的飯盒起身，「用不著麻煩他，我也不是那麼想知道蕭宇棠學姊的事，以後你不用來找我了，我先走了。」

望著馮瑞軒離開天台的背影，韓宗珉心想，這下好了，連唯一跟馮瑞軒維持聯繫的藉口都沒了。

放學後，夏沛然走到韓宗珉的座位旁邊，大力拍了下他的背。

「還不整理書包，等等一起去吃飯吧。」夏沛然笑咪咪道。

韓宗珉趴在課桌上，悶聲說：「不要，我沒臉見你。」

「幹麼？發生了什麼事？」

韓宗珉將中午與馮瑞軒的對話全盤托出，夏沛然非但沒有責怪他，反而笑得上氣不接下氣。

「你怎麼還笑得出來？我白白浪費了你的點子。」

「點子再想就有，沒什麼大不了的。」夏沛然指掉笑出來的眼淚，拍拍韓宗珉的肩膀，竟像是心情極好，「沒關係，我知道你已經盡力了。」

韓宗珉意外又感動，「我以爲你會怪我。」

「你想太多了，去吃飯吧，我快餓死了！」夏沛然拖著韓宗珉離開教室。

晚上七點，德役的學生大都在教室晚自習，整座校園卻突然陷入一片黑暗。無預警停電引發一陣騷動，學生們議論紛紛，幸好三分鐘後就恢復正常供電了。

教職員宿舍後方兩百公尺處，有一棟兩層樓建築藏身在樹林間，一樓是室內溫水泳池，一道纖細的身影正在泳池裡來回游動，泳姿俐落優美，宛如美人魚。

馮瑞軒注意到室內燈不知道什麼時候熄滅了，她游至池畔，取下蛙鏡，透過從窗外灑進的月光環顧四周。

等到室內燈重新亮起，她赫然看見有個人站在門邊，嚇得驚呼出聲。

「眞是不得了。」夏沛然舉著手機拍攝影片，「這棟建築藏在樹林間，不易被人發現，難怪妳會因此而大意忘了鎖門。」

他走到泳池邊蹲下，鏡頭對準面色刷白的女孩。

「我總算知道韓宗珉爲何如此希望妳重返泳壇了，妳游泳的姿態確實很美。不過，要是他看見這一幕，不曉得究竟會是高興，還是難過呢？」

「你要……做什麼？」馮瑞軒心中升起戒備。

「這句話是我想問的。妳先前對韓宗珉說妳不想再游泳，也不會再游泳，而妳現在在做什麼？」夏沛然眼中笑意淺淺，「這樣耍弄人很好玩嗎？瑞瑞學妹？」

馮瑞軒沒有答腔。

「想知道我爲何會發現這裡嗎？我聽說妳向來不參加晚自習，也沒有回宿舍，所以我自吃過晚餐便尾隨在妳身後，要不是這樣，我還眞不知道這裡藏著一座祕密泳池。」夏沛然語出驚人道：「這座泳池是校長爲妳蓋的吧？」

「你、你不要亂說……」馮瑞軒反駁得毫無底氣。

「別裝了，這座泳池設備新穎，一看就是剛落成不久。妳因爲校長得到多少特權，早已不是新聞，我能理解校長會有私心，也會有偏愛的學生，但爲妳蓋一座游泳池？這就太過了。而且泳池外還架設了三台監視器，嘖嘖，居然保護妳到這種程度？」

馮瑞軒緊張地虛張聲勢：「隨便你怎麼說，你再不離開，會有什麼後果我可不管。」

「妳這是承認了？妳指的後果，是我會被校長重懲嗎？那我也會拉著妳一起下水喔。」

「什麼？」她愕然看著夏沛然朝牆邊走去。

「我確實不該在晚自習溜出教室、擅入禁地，可是妳呢？偷偷把校外人士帶進校園，妳犯下的過錯可不比我小。」夏沛然取下掛在牆上的一件黑色外套，細細打量，「這件外套不是一般女生會穿的款式，尺寸也跟妳不合，怎麼看都不可能會是妳的吧？」

馮瑞軒連忙爬上岸，從夏沛然手中搶回外套，警惕地往後退開，厲聲道：「你快點出去！」

「要是我現在從這裡出去，從明天起，妳將無法再順理成章地踏進這座泳池，我已經把方才拍攝的影片、我們對話的錄音檔全都上傳至雲端，如果我把這些公開，妳覺得會怎樣？」夏沛然不慌不忙地搖了搖手機。

馮瑞軒臉色一變。

「當然，我相信校長還是有辦法護著妳，但大家心裡會怎麼想？校長公正無私的形象將因此嚴重受創吧？會讓她失去學生們的信任與愛戴吧？妳希望見到這種事發生嗎？」

馮瑞軒啞口無言，一時不知該作何反應。

夏沛然指著被她抱在懷裡的黑色外套，「我知道妳每週三都會蹺掉最後一堂課，也知道妳利用那段時間去往烹飪教室下廚。妳委託校方採購食材，就是爲了做菜給這件外套的主人吃吧？你們固定約在這裡碰面？我很好奇他是如何躲過校方的嚴密監控偷溜進來的，除非經過校長允許，否則應該沒別的可能吧？」

「不要說了，出去！」馮瑞軒怒喝。

隨著她這記怒喝，室內燈閃了一下便驟然熄滅，窗戶玻璃傳出震動聲，整間屋子像是正在搖晃。

馮瑞軒瞬間察覺不對，爲了不讓夏沛然看見自己的眼睛，她驚慌地背過身去，將外套抱得更緊。

夏沛然卻是冷靜地看著窗戶，「聽說近日武術社在晨訓時，常有社員莫名其妙突然頭痛，也出現過明明沒有風也沒有地震，教室窗戶卻咯吱作響的情況，這些奇怪的現象，似乎是從妳加入晨訓後開始的，這是巧合嗎？」

馮瑞軒感到毛骨悚然。

這個人……到底是誰？爲什麼會知道這些？

越過僵硬的她，夏沛然回到泳池邊，看向波光粼粼的水面。

「瑞瑞學妹，妳有超能力嗎？」他凝視著自己水中的倒影，「如果我掉進泳池，妳是否有辦法用超能力救我上來？」

「你在胡說什麼？」馮瑞軒強壓內心的激盪，啞著聲音說。

「假如妳擁有那樣的能力，能不能讓我見識看看？」夏沛然說完，便轉身背對泳池，張開雙臂，定定地望著她。

「你想怎樣就怎樣，我沒心情陪你胡鬧，我要走了。」馮瑞軒咬牙道，扭頭朝更衣室邁步。

「我不會游泳喔。」

她腳步一滯，驀地回過頭，只見夏沛然整個人向後仰倒，直直墜入泳池，激起一大片清澈的水花。

沉入水中的夏沛然完全不掙扎，顯然是在等她行動，她當然不會中他的計，加快步伐走進更衣室。

然而在脫下泳帽後，馮瑞軒卻又隱隱有些不安，於是躡手躡腳返回泳池，想確認夏沛然是否已自行從泳池中爬起。

不料泳池畔竟人影全無。

她大驚失色，連忙奔至池畔往水中看去，只見夏沛然緊閉雙眼躺在池底，她想也不想便跳入水中，將已然失去意識的他救上岸來。

她連喊了他好幾聲，夏沛然卻沒有任何反應，也幾乎探查不到呼吸，她連忙掀開他的上衣，想爲他施行心肺復甦術，卻意外見到他的腰際和右下腹，各貼著一塊白色敷料，旁邊幾塊淤青清晰可辨，而膚色深淺不一的胸口，有被香菸燙傷的痕跡，腰部左下甚至還有像是遭利刃劃過的疤痕。

她怔愣幾秒後回神，開始爲他施行心肺復甦術。

約莫一分鐘後，夏沛然猛地嗆咳出水來，慢慢睜開眼睛。

「學長，你沒事吧？」馮瑞軒焦急地問。

夏沛然渙散的目光逐漸轉爲清明，語氣充滿遺憾：「妳是用超能力救我上來的嗎？可惜我沒能親眼目睹。」

「你這樣耍弄人很好玩嗎？」馮瑞軒氣得渾身發抖，恨不得將他踢回泳池。

「我沒耍妳啊，我是眞的不會游泳……」他有氣無力道。

「你到底想要我怎麼樣？」馮瑞軒雙手緊握成拳。

「我說過我喜歡妳吧？」

馮瑞軒一呆，頓時手足無措。

那個告白不是玩笑？他是認眞的嗎？

「我……我沒辦法接受你的心意。」不管他是不是認眞的，她都只能給出這個回應。

「爲什麼沒辦法？」

「因爲……」她舔舔乾澀的唇瓣，「我有喜歡的人了。」

「沒關係啊。」

「我是說眞的，我沒有騙你！」她急了。

「我沒懷疑妳，我也是說眞的。」夏沛然懶洋洋地閉上眼睛，「我能接受妳有喜歡的人，這樣還是會讓妳有壓力嗎？」

馮瑞軒愣住了，夏沛然的反應令她始料未及。

「不然這樣吧，如果妳能說出一個足以嚇跑我的理由，我就不再糾纏妳，也不把今晚的事說出去，如何？」

馮瑞軒垂下眼簾，如石像般立在原地，過了半晌，她微微張唇，用盡全身的力氣，才能順利將那句話說出口

「我殺過人。」

夏沛然猛地睜開眼睛，「妳殺過人？」

「對。」她話聲極低，「而且不只一個。」

沉默片刻，躺在地上的夏沛然揚起嘴角，開始笑了起來，笑到全身每一塊肌肉都在抖

動。

「完了。」他露出心滿意足的神情，迎上馮瑞軒的目光，「我好像更喜歡妳了。」

「什麼……」馮瑞軒呼吸一滯，感覺自己彷彿就要被吸進夏沛然那雙深不可測的眼眸之中。

「瑞瑞學妹，請妳保護我。」

✦

韓宗珉不明白這是怎麼一回事，馮瑞軒居然端著餐盤出現在他和夏沛然面前。得知是夏沛然邀她過來學餐用餐，他驚訝得下巴簡直要掉下來了。

「我和瑞瑞學妹聊過了。」夏沛然笑容可掬，「她以後會常跟我們一起吃飯，對不對？」

馮瑞軒點點頭。

韓宗珉不懂，怎麼才過了一個晚上，馮瑞軒的態度竟有如此天翻地覆的轉變？一回到教室，他馬上把夏沛然拉過去問清楚。他強烈懷疑夏沛然是不是握有馮瑞軒的把柄，才讓她一改先前的拒人於千里之外。

「你疑心病好重，你覺得她剛才的神態像是被威脅嗎？」夏沛然懶洋洋地打了個呵欠。

回想馮瑞軒與他們用餐的情景，確實沒有任何異狀，韓宗珉沉吟道：「是不像，所以才更奇怪，你到底是怎麼跟她說的？」

「那不重要，結論就是瑞瑞學妹被我的眞心感動了。」夏沛然雙手捧胸，肉麻兮兮地說。

「什麼？你們在一起了？」韓宗珉更驚愕了。

「沒有，她有喜歡的人，我們只是朋友。」夏沛然輕輕一笑，眨了眨眼睛，「至少目前是這樣。」

儘管如此，韓宗珉還是很難相信馮瑞軒是出於自願。

在好奇心的驅使下，他傳訊息給她，問她是怎麼一回事，沒想到馮瑞軒不僅很快已讀，還馬上回覆，與過去的拖沓截然不同。

「就像你昨天所說，夏沛然學長是好人。之前很對不起，爲了表達歉意，明天中午，我會帶你喜歡的檸檬紅茶過去。」

韓宗珉扭頭望向教室外的走廊，夏沛然又在跟別班女生聊天，以不正經的笑話把她們逗得樂不可支。

他早就知道，在夏沛然輕佻隨和的外表下，藏著的是一副什麼樣的性格，也知道他其實是個厲害的狠角色。

但這是第一次，他不曉得該要佩服夏沛然，還是畏懼他？

午休鐘聲響起，他再次看向走廊，已經不見夏沛然的蹤影。

直到這堂課的老師站上講台，夏沛然仍未回到教室，韓宗珉才後知後覺地想到，他又去保健室了。

馮瑞軒洗完澡回到寢室，正好有人來電，她很快接起。

「瑞瑞學妹，謝謝了。」夏沛然用開朗的語氣沒頭沒腦地說。

「謝我什麼？」

「謝謝妳沒有向校長告狀，也謝謝妳中午願意過來，韓宗珉傻眼的表情實在很有趣。」

「……因為你也沒有說出去。」馮瑞軒低聲說。

「妳指什麼？只為妳一人開放的祕密泳池？還是妳有超能力的事？」夏沛然揶揄道。

「我說了，我沒有超能力——」她心虛地辯解。

「好啦，先當作妳沒有。總之妳今天肯過來，就表示妳接受我們是合作關係了，昨夜的協議請一定要保密，尤其是對校長和韓宗珉，妳明白吧？」

「明白。」

「這樣就沒問題了。不過我先自首，我不小心說溜嘴，跟韓宗珉說了妳有喜歡的人。」

「你——」馮瑞軒瞠目結舌，完全想像不到世上有夏沛然這樣的人。

「哈哈，對不起，至少透過他的反應可以肯定，他不是我的情敵。」夏沛然哈哈大笑。

聽到電話另一頭隱隱傳來風呼呼吹的聲音，馮瑞軒好奇地問：「學長現在人在外面？」

「我在宿舍頂樓，談重要事，還是在隱密點的地方比較好，不過今晚的風有夠大，我都快站不穩了。」夏沛然半眞半假地說。

「那你在寢室裡傳訊息給我就行了，不需要——」

「我想跟妳說說話啊。」

夏沛然慵懶低沉的嗓音打斷了馮瑞軒未完的話，也讓她胸口一麻。

「再見！」像是爲了掩飾什麼，她匆忙切斷通話。

只是馮瑞軒隨之驚覺，有件重要的事忘了提醒夏沛然，但她不想再與他通話，於是改傳訊息過去：

「你要遵守約定，絕對不能再過來泳池。」

「遵命。」

夏沛然很快回覆，並附上一張照片，是他在宿舍頂樓對著夜空拍下的滿月。

馮瑞軒看著這張照片，興起一個很久不敢再有的念頭。

在社群平台註冊好新帳號，她在搜尋欄輸入另一個帳號，那人的頭貼還是那張再熟悉不過的照片，一彎懸掛在藍空的白色月亮。

點進該帳號，貼文全部僅限好友觀看，她無法藉此窺探對方的近況，也沒有勇氣再透過其他方式搜尋對方的消息。

八點的鬧鈴響起，她落寞地離開社群平台，準備和家人視訊。

每週二、六晚上八點，是馮瑞軒固定和家人視訊的時間，通常都是母親先打過來。但今晚直至八點十分，母親仍無聲無息，她主動撥過去，母親也始終未接，這種情況還是第一次發生。

半小時後，她終於接到父親的來電。

「妳奶奶趁我們不注意，偷偷跑出家裡，我們在附近找了好久都找不到人，正想報警，就接獲警方通知，有人發現奶奶昏倒在公園並緊急送醫，妳媽媽現在在醫院照顧她。」

「奶奶怎麼會偷偷跑出家裡？」馮瑞軒既憂心又不解。

馮父猶豫片刻，無奈回道：「從兩個星期前開始，妳奶奶就一直嚷嚷著說要去台北找妳，然後找各種機會溜出家裡。她已經出現失智的症狀，有時會突然認不出回家的路，有一次還差點在路上被車撞，之前怕妳擔心，不敢讓妳知道。」

馮瑞軒緊緊咬住嘴唇，不想讓父親察覺她內心的波動。

「瑞軒，我這麼說，可能會讓妳很爲難，但妳能不能偶爾回來看看奶奶？她眞的很想妳，如果可以……」

「我知道了，明天我會跟德因奶奶說。」馮瑞軒飛快接話。

「太好了！乖女兒，謝謝妳，奶奶見到妳一定會很高興。」

父親語氣裡的感激，讓馮瑞軒眼眶一紅，內心充滿愧疚。

隔天上午，她收到吳德因的訊息，請她在放學後前往校長室。

正在批公文的吳德因一見到她進來，立刻起身給了她一個溫暖的擁抱。

「校長，我奶奶……」

「我說過，只有我們兩個人的時候，就不必叫我校長了。」吳德因微微一笑，「妳爸爸跟我說了，妳一定很擔心妳奶奶。」

「德因奶奶，我可不可以去醫院看我奶奶？我知道這個要求很任性，但我眞的很擔心她。」馮瑞軒忍不住落淚。

「我已經向院方確認過妳奶奶的病情，就算妳回去一趟，也改變不了什麼，妳奶奶以後還是可能會爲了找妳，屢次從家裡溜出來。」

「那我該怎麼辦？」馮瑞軒的眼淚掉得更凶。

「妳放心，我安排好了，妳每個星期都能回家見奶奶，直到她的病情穩定下來。」

「可以嗎？」馮瑞軒含淚的眼睛倏地一亮。

「嗯，我會找個可靠的人護送妳回家，但爲了安全起見，我希望妳當天來回，不能在學校宿舍以外的地方過夜，妳能答應嗎？」

「當然能，謝謝德因奶奶！」這次馮瑞軒落下的淚水是喜極而泣。

「妳什麼都不需要擔心，先專心準備段考，等考完試，妳就可以回家看奶奶了。」

「好的。」馮瑞軒順從地點頭。

吳德因接著又問：「妳在史密斯老師那邊的課上得怎麼樣？」

「很好，雖然他很嚴厲，但是他的訓練方法，對我的能力控制很有幫助，我幾乎不用再吃藥了。我想繼續跟著史密斯老師學習。」儘管沒有別人，馮瑞軒仍有意識地壓低音量。

「那就好，聽說妳多次在課堂上體力不支倒下，要是身體承受不了，千萬別勉強。」吳德因慈愛地摸摸馮瑞軒的頭，「還有，今早我收到警衛通報，前天晚上，高中部的夏沛然在停電時誤闖祕密泳池，這件事妳怎麼沒跟我說？」

夏沛然趁著學校停電、監視器停止運作之際，尾隨馮瑞軒進入祕密游池，然而當他離開泳池時，校區已恢復供電，監視器清楚拍下他的身影，學校警衛立即趕至現場。夏沛然也不辯解，表明請警衛秉公處理，由吳德因裁定如何懲處。

馮瑞軒心知吳德因今日必定會問起此事，早有準備。

「學長不是有意的，他發現我走入禁區，想提醒我，才會跟過來。他絕對不會說出去的，也不會再過去那裡，請妳不要處罰他。」馮瑞軒替夏沛然求情。

「妳很怕我處罰他？為什麼？」吳德因注意到她眼中的緊張與焦急。

「因為……」儘管是和夏沛然套好的謊言，馮瑞軒仍覺得難以啓齒，「我和學長正在交往。」

這是馮瑞軒第一次見吳德因露出如此驚訝的表情。

「這種事妳怎麼瞞著我？是從什麼時候開始的？」

「就在他誤闖泳池的前一天，所以他才會因為擔心我而……德因奶奶，妳這幾天不在學校，我就想等妳回來，找機會當面跟妳說……」馮瑞軒假裝害羞地低下頭。

「天啊！」吳德因笑了出來，「我知道那孩子曾在大庭廣眾之下向妳表白，但沒想到妳會答應跟他交往。」

原來吳德因早已得知夏沛然曾向自己告白，馮瑞軒這下真的臉紅了，「學長對我很好……」

吳德因被她的反應逗笑了，揉揉她的頭頂，「沒想到我們瑞軒交男朋友了，我和那個孩子的父親也認識呢。」

「校長認識學長的爸爸？」馮瑞軒有些意外。

「是啊，他父親也是德役的校友，哪天我遇到他父親——」

「不行！請德因奶奶幫我們保密！學長在學校很出名，要是我們交往的事傳出去，一定會引起很多不必要的關注，我不想這樣。」馮瑞軒連忙道。

「我明白了，我不會說的。」吳德因眼神和藹，卻帶著一抹意味深長，「不過，瑞軒，夏沛然知道妳身上的異能嗎？」

「我沒有讓他知道，否則他怎麼可能還會喜歡我？」馮瑞軒垂下眼簾，作出落寞的神態。

吳德因摟著她的肩膀安慰她，「沒事的，妳想怎麼做就怎麼做，只要妳能開心，我一定會盡力守護妳的幸福。」

「謝謝德因奶奶。」馮瑞軒抿了抿嘴唇，「還有……我希望先別讓學長知道，妳知道我們正在交往，我怕他會有壓力。」

吳德因點頭，「好，我也不會追究他擅闖泳池。妳這麼爲他著想，讓德因奶奶很感動，這份心情難能可貴，妳要好好珍惜。」

馮瑞軒像是忽然想到什麼，話鋒一轉：「對了，德因奶奶，妳說會找人護送我回家，那個人是誰？」

「我會安排一名最優秀的警察護送妳回家。在妳學會掌控自身的能力之前，我不放心讓妳搭乘大眾運輸工具。」吳德因目光慈藹。

馮瑞軒微笑點頭。

中午，馮瑞軒帶了要給韓宗珉的檸檬紅茶抵達天台，天台上卻只有夏沛然一個人。

「韓宗珉學長呢？」

「他是今天的值日生，臨時被班導叫去做事，做完就會過來。」

馮瑞軒走到夏沛然旁邊坐下，低聲道：「我跟校長說了，她沒有起疑心。」

「很好，這樣就算校長發現我們變得格外親近，也不會覺得奇怪，但她會不會私下找我過去問東問西？」夏沛然輕輕一笑。

「不會的，她說她會裝作不知情。」馮瑞軒撕開三明治的包裝紙，忍不住嘀咕，「學長，你真的很亂來。」

「沒辦法，誰叫妳對我避如蛇蠍，我才會出此下策。看來幸運之神很眷顧我，事情進展得比我預想的還要順利。」

儘管他這麼說，馮瑞軒還是覺得一切太過巧合，「學校停電，確實與你無關？」

「哇，妳未免太看得起我了，我再怎麼有本事，也沒辦法讓整個市區停電啊，新聞不都說了是電廠的問題？」夏沛然誇張地擠眉弄眼。

「我想也是，抱歉。」她訕訕地低下頭。

「沒事，坦白說，如果我是妳，也難免會起疑。」他不甚在意地說，「對了，段考考完要不要一起出去玩？既然要扮演情侶，就演得像一點。」

「我不能去。」馮瑞軒頓了下才解釋，「我要回家，家裡有事。」

「喔？那我送妳去搭車，妳是搭高鐵吧？」

「有人會送我回去。」

「誰？」見馮瑞軒沉默不答，夏沛然聳聳肩，「沒關係，妳可以不用回答。」

「眞的？」她以爲他會打破沙鍋問到底。

「當然，不是說了？妳不能說的事，我不會逼妳說。」夏沛然抬頭望向湛藍的天空，「不過，我認爲所有的『不能說』，其實都是『還不能說』，等妳哪天有了『這件事能跟學長說』這種想法，並且不會感到害怕的時候，再告訴我就好。」

馮瑞軒一時呆住了，過了半晌才緩緩開口：「……對方是警察。我奶奶生病了，之後的每個週末，我都會回台中看她。基於某個我『還不能說』的原因，校長請警方派一名員警送我回家。」

爲何警方會答應這麼做？難道馮瑞軒身陷危險嗎？然而夏沛然像是絲毫未察覺箇中奇怪之處，只笑嘻嘻道：「明白了，謝謝妳告訴我。現在換妳問我問題了，什麼問題都可以，只要不是我認爲『還不能說』的事，我都會回答。」

馮瑞軒看著他的側臉，想起那晚和他在泳池畔的對話。

「保護你？」她愣愣俯視躺在地上的夏沛然，「這是什麼意思？」

「交換條件的意思。」他說，「我一直在想，妳之所以來到德役，會不會是有什麼目的？就跟我一樣。」

她瞠大眼睛。

「妳看到我身上的傷了吧？我身體出了一些問題，這一生都沒辦法再過正常人的生活，隨時可能有生命危險。我是爲了復仇才會來到德役，聽說妳在打探蕭宇棠的事，那麼我們或許可以合作，因爲讓我變成這樣的罪魁禍首，她也是其中之一。」

夏沛然說的每一個字都緊緊抓住馮瑞軒的心，她不由自主在他身邊坐下。

「你來德役……是爲了向蕭宇棠復仇？」

「沒錯。」

「可、可是她不是死了？韓宗珉學長是這麼說的，她是被史密斯老師害死的。」

「那只是穿鑿附會的謠言，她還活著，我相信只要待在德役，遲早能找到她。」夏沛然口氣篤定。

馮瑞軒心跳驟然加快，再也無法保持冷靜，顫聲問：「這跟你讓我保護你又有什麼關係？」

「妳有超能力啊。」

「我沒有，我怎麼可能有！」她慌張地矢口否認。

「不管妳有沒有，我就是相信妳是唯一一個能保護我的人，只要在妳身邊，我就會覺得自己很安全，妳不需要特別做什麼，只要讓我跟妳待在一起就行了。我可以再告訴妳一件事，我知道妳過去曾收到騷擾信，寄信給妳的那個人，現在也在德役，是高中部的學生。」

馮瑞軒失聲道：「你爲什麼會知道這件事？」

「妳不用管我是怎麼知道的，既然我都知道了，妳是不是也該坦白一點？至少說出妳來德役的眞正原因吧。」

這個人到底知道了多少？他到底還有什麼不知道的？

馮瑞軒雖然害怕，但她渴求眞相的心情壓過一切，讓她再也顧不得那些恐懼。

她雙手緊握成拳，指甲深深嵌入掌心，「我想查清楚某些事，此外，這裡有個我放心不下的人。」

「妳放心不下的是那件黑色外套的主人？」夏沛然敏銳地接話，「這個人是妳的誰？」

「我不能說，還有，你以後絕對不能再過來這裡！」馮瑞軒斬釘截鐵道。

夏沛然卻是笑了，「不能說也沒關係，我不會逼妳，但如果妳答應與我合作，今後妳就可以從我這裡打聽妳需要的情報。只是在那之前，我想先問問妳，校長知道妳來德役的眞正原因嗎？」

猶豫幾秒，她搖了搖頭。

「是不想告訴她，還是不能告訴她？」

馮瑞軒不安地輕顫，用力嚥了口口水，艱澀答道：「……是不能。」

夏沛然再次輕輕一笑，「那好，這幾天校長不在學校，我們最好想個辦法騙過她。等我踏出這裡，監視器就會拍到我，警衛也會通知校長。我想過了，如果妳能讓她以爲我們在交往，她就有可能放過我。當然，只要讓她一個人這麼想就行了。妳好好考慮，要是同意跟我合作，那就明天中午學校餐廳見；要是不同意，妳大可以通報校長，讓她將我退學。」

許是察覺到馮瑞軒的沉默，夏沛然扭頭朝她望了過來，馮瑞軒心中微微一凜，儘管滿腹疑問，但此刻的她，最想知道答案的只有一個。

「那個人……我是說，蕭宇棠。」她鼓起勇氣開口：「她究竟對你做了什麼？」

# 第四章

譚曜磊坐在警政署的會議室裡。

身旁的李哲小聲對他說：「隊長，你的表情好恐怖，你這樣我都有點緊張了。」

是的，李哲也在這裡，然而這原本並不在譚曜磊的計畫之內。

三天前，蕭宇棠結束與譚曜磊的對談後，隨即離開工廠，李哲也恢復了意識。

除了精神有些恍惚，李哲並無異樣，沒印象發生過什麼事，更不記得自己是怎麼昏迷過去的。

之後兩人一起去吃飯，卻聽李哲語氣遲疑地問：「……隊長，剛才那棟廢棄工廠裡，除了我們，是不是還有一個女孩子？」

「你說什麼？」譚曜磊傻住了。

「那個女孩子戴著黑色鴨舌帽，穿著墨綠色上衣和藍色牛仔褲，頭髮長至胸口，年紀很輕，長得也很漂亮。」李哲鉅細靡遺地說出蕭宇棠那晚的穿著與外貌特徵。

「你不是什麼都不記得嗎？」譚曜磊忍不住問。

「我是什麼都不記得啊，但腦中就是浮現出這個女孩的形象，好像我確實曾在廢棄工廠裡見到了她……隊長，你說我會不會是中邪了？」即便嘴上如此說，李哲的表情卻不怎麼害怕，反倒有些興奮。

「你還在腦中看到了什麼？」

「嗯……她的那雙眼睛，是紅色的。」

「紅色？」譚曜磊蹙眉。

「嗯，讓人發毛的血紅色，但是也非常美麗。我果然是撞鬼了吧？好可怕！」李哲愈說嘴角咧得愈開，竟是一副喜孜孜的樣子。

譚曜磊當時並未發現蕭宇棠有這樣一雙眼睛，她始終戴著墨鏡，沒有摘下。他想不明白為何李哲會對蕭宇棠留有印象，也想不明白為何李哲會說蕭宇棠有一雙紅色的眼睛，只能猜測，或許這只是李哲在意識不清下所產生的幻覺。

經過徹夜未眠長考後，隔天下午，譚曜磊聯繫羅署長，表明自己同意復職。

「但我有兩個條件，首先，等這項任務結束，之後的去留由我自行決定，若屆時我決定離開，署長您就別強留我了。再者，關於蕭宇棠的事，請您將目前所知的一切全告訴我，既然要涉入其中，我應該有權利知情。」

「我答應你。」羅署長放下心來。

「另外，我還有個問題。蕭宇棠身上的病毒，會讓她的眼睛變成紅色嗎？」

這次羅署長停頓了三秒才回答：「你是怎麼知道的？」

譚曜磊將蕭宇棠找他見面，以及李哲昏迷醒來後所言全盤說出。不料羅署長聽完，便要他隔天帶著李哲一同到警政署開會，原因是既然李哲見過蕭宇棠，就不能再置身事外。

會議開始前，譚曜磊和李哲不僅被要求交出手機，並經過仔細的搜身，確保兩人沒有攜帶任何具備錄音功能的物品。

羅署長臨時有事，由警政署副署長代爲出席，與會者還有國防部情報參謀次長、刑事局國際刑警科長、衛福部醫事司司長等人。

羅署長因受蕭宇棠脅迫而找上譚曜磊一事，並未對外公開，其他人只知羅署長指派這名剛復職的員警參與獵捕蕭宇棠的行動。

會議開始時，方副署長先讓他們觀看兩張並列在投影布幕上的照片，譚曜磊聽見坐在身側的李哲發出一聲低呼。

那是兩名少女的大頭照，左邊的少女容貌平庸，右邊的少女容貌姣好。

方副署長問李哲，他在廢棄工廠看到的女孩是哪一個，李哲毫不遲疑地指向右邊的照片。

方副署長點點頭，「那你們見到的是蕭宇棠『本人』。左邊這名女孩，是蕭宇棠幻化出來的另一副面容，她不僅能隨心所欲變換成這名少女的面孔，連聲音都能模仿得惟妙惟肖。」

「左邊照片中的女孩是誰，她是眞實存在的嗎？」譚曜磊問。

「嗯，這名女孩名叫宋曉芠，是蕭宇棠的小學同學，很久以前就下落不明。我們相信宋曉芝應該早就遭遇不測，畢竟像蕭宇棠這樣的能力者，一旦奪取對方的面孔，就同時將導致其死亡。」

譚曜馬上想起那日蕭宇棠告訴他，要是她將容貌變成李哲的模樣，將會造成嚴重的後果。

原來那並非虛張聲勢？所以蕭宇棠眞的殺了這個女孩？

「奪取對方的面孔，同時將導致其死亡……這怎麼可能？」李哲神情錯愕。

儘管李哲對各種非自然現象深感興趣，卻無法輕易接受此刻所聞，譚曜磊很能夠理解他的心情。

「看看這個吧。」

方副署長播放一段影片，畫面上出現一名亞洲面孔的中年婦人，說話的腔調一聽便知是中國人。

婦人坐在床上，從室內設備可以看出是在醫院的病房裡。一名男醫師的聲音從影片中傳來，要她試著「變臉」，而婦人那對混濁的黑色眼珠，竟在轉瞬間變成了血紅色。

緊接著，她的五官在鏡頭前「蠕動」了起來，粗黑雜亂的眉毛轉爲修剪整齊的褐色細眉，略微肥大的蒜頭鼻變得尖挺，厚而飽滿的雙唇變薄，參差不齊的齒列也變整齊了，不一會兒，她換上了另一張面孔。

男醫師繼續說：「請說明妳第一次發現自己能變臉的經過。」

「我和房東吵架，她硬是要漲房租，我氣不過，罵了她幾句，她就動手揍我，我不甘示弱，一巴掌打在她臉上，我發誓我沒有用力，誰知道她就此倒地不起，她兒子下樓看到她死了，驚恐地指著我的臉爆出尖叫。我很害怕，衝進廁所照鏡子，看到我的臉變成房東的樣子，眼珠也變成了紅色。」婦人一口氣流暢地說完，像是已經敘述過不少次。

「妳不只臉變成了房東的樣子，妳還擁有了房東的記憶，是嗎？」男醫師又問。

「是，我腦中突然冒出很多不屬於我的記憶，跟房東兒子談過後，我才確定那是房東的記憶，我甚至還能用房東的聲音說話。」

「請妳用房東的聲音說幾句話。」

婦人依言開口，本來低沉渾厚的聲音，轉爲尖銳高亢，完全就是另一個人的嗓音。

「聽說當時整棟大樓的住戶都感覺到了地震？」

「沒錯，我打了房東一巴掌後，房子就一陣天搖地動，我以爲是碰巧發生地震，後來才知道，當時只有我們家那棟大樓在搖。鄰居找人來檢查，查出大樓鋼筋出現微幅的扭曲……」

接著，醫生指示婦人用刀片割自己的手指。

鏡頭拉近至她滲出血珠的指尖，一分鐘後，婦人將血珠拭去，指尖上的皮膚竟完好如初，傷口消失不見。

「妳還可以控制自己的體溫，對嗎？」

「對，當我體溫升高，眼珠就會變色，受傷能很快復原，視力和聽力也變得非常好；而當我體溫下降——像這樣，就能變回原來的樣子。」婦人說完，她的容貌和聲音，包括瞳色，果眞回復原樣。

醫生繼續讓婦人進行各種「實驗」。

明明沒人靠近房內的電源開關，婦人卻能操控天花板的燈管快速閃爍，還能讓好端端放置在餐桌上，離她一公尺遠的玻璃杯自動旋轉，最後應聲碎裂。

影片到這裡結束。

譚曜磊和李哲表情震驚，好一段時間連一句話都說不出來。

「她、她是有什麼特異功能嗎？」李哲囁嚅道。

「嚴格說起來，這應該算是一種病毒感染，在她之前，世界各地早有類似的案例，引起各國政府的高度重視，並暗中進行調查。這種病毒被稱爲REDVI，俗稱『紅病毒』，感染者在身體出現異能時，眼瞳會轉爲紅色。目前已知最早出現的第一型感染者，是十九年前住在橫濱的一名二十歲女子，她在『發病』當晚就下落不明，後來被發現溺斃在河裡，在那之後，日本又出現了兩名感染者。」

方副署長旋即播放一段監視器影像。

畫面是深夜的住宅區，街道上沒有半個人，路旁兩側的街燈極爲詭異地疾速一閃一滅。沒過多久，一棟兩層樓的住宅窗戶倏地爆破，烈焰從窗口張牙舞爪竄出，淪爲一片火海。

「二〇〇一到二〇〇三年間，日本關東一帶接連發生影片中這種奇怪的現象，有多名市民不約而同表示，在事發現場附近看到有紅色眼睛的人出沒，漸漸衍生出名為『赤目者』的都市傳說，並掀起模仿潮，各種破壞事件屢見不鮮，造成不小的社會問題，而後日本政府證實那些奇怪的現象，其實是REDVI感染者所造成的事故，台灣則稱那些感染者為『赤瞳者』。」

赤瞳者。譚曜磊在心裡默念一遍。

方副署長緊接著又播放英國某座國際機場的監視器影像，人來人往的二樓美食區，一間速食店轟然爆炸，許多受傷的旅客驚慌逃竄，畫面慘絕人寰，猶如人間煉獄。影片最後，一批航警開槍擊斃一名渾身是血、狀若癲狂的非裔男子。

譚曜磊不由得屏住呼吸，「這個男人也是赤瞳者？」

「對，根據生還者指出，這個男人在候餐時大聲哀號，眼珠變成紅色，有幾名好心的路人圍過去關心，不料餐廳竟無預警地發生爆炸。英國警方研判，他可能是突然發病，無法控制體內噴湧而出的力量，才會釀成意外。」

李哲面色蒼白，喃喃道：「為什麼會出現這種病毒？難道是哪個國家製造出來的生化武器？」

「目前無法排除這種可能。」這次回答的是衛福部醫事司司長，她是名個頭嬌小的中年女子，「這種讓感染者出現異能的病毒前所未見，美國CDC（美國疾病管制中心The Centers of Disease Control and Prevention）調查指出，目前紅病毒最早在非洲發現，一旦入侵人體，就會以十分驚人的速度持續進化。」

譚曜磊沉聲問道：「那紅病毒是怎麼傳播出去的？既然最早是在非洲發現，怎麼會是其他國家先出現赤瞳者？」

「美國CDC推估，紅病毒本來應該只存在於非洲東部一處人跡罕至之地，某個契機下，一名非洲人和十幾名觀光客意外遭到感染，這些人便是紅病毒最初的帶原者，屬第零型感染者，而蕭宇棠則屬於第二型。」

「第二型……這是由異能的進化程度來區分嗎？」譚曜磊蹙眉。

「可以這麼說。第零型感染者，不具備任何超能力，眼珠也不會變色，自第一型後的感染者才是所謂的『赤瞳者』。當第零型感染者進行分娩，即很高機率會出現母子垂直感染，或者若有病患接受第零型感染者的器官捐贈，也將受到感染，成爲第一型感染者。而第二型感染者的傳染途徑同第一型，只是感染源爲第一型感染者，並且紅病毒會在第二型感染者體內產生變異。

「目前所知的那些赤瞳者，絕大多數都動過器官移植手術。即使在同一日進行手術，發病時間也不會一樣，有的術後不到一年就發病，有的過了好幾年才發病。剛才提到的那些案例中，只有中國婦人和蕭宇棠是第二型感染者，她們在能力上與第一型感染者有著顯著的差異。」說到這裡，醫事司司長目光落向譚曜磊，「聽說譚警官親眼見過蕭宇棠使用異能，能否請你描述當時的情況？」

譚曜磊憶起蕭宇棠那天臨走前的囑咐。

「調查我是你的職責所在，但關於我能藉由觸碰他人，『看見』對方的記憶這一點，我希望你能先保密。」

「爲什麼？」譚曜磊不解，蕭宇棠身上的祕密這麼多，爲何只特別要他針對這一點保密？

「爲了馮瑞軒。我想用我希望的方式結束這件事。」蕭宇棠簡略答道。

「結束？」

「對，這件事其實就快結束了，我信任譚先生，才對你展露身上的異能，希望你也願意信任我。如果你答應與我合作，我向你承諾，會在結束這件事情的過程中，盡可能將傷害減至最低程度。」

譚曜磊聽得模模糊糊，不曉得該不該相信蕭宇棠所言。

掙扎良久，他終於點頭，「等到那個時候，我要知道所有的眞相。」

「一言爲定。」

譚曜磊遵守約定，僅在會議中提及蕭宇棠能在瞬間讓李哲陷入昏迷，並用李哲的聲音說話，以及可以讓物體起火燃燒。

此話一出，所有人都大為驚詫。

「憑空讓物體起火燃燒？眞的嗎？」刑事局國際刑警科長追問。

「對，她似乎只是注視著木板，便讓木板起火燃燒。」譚曜磊有些遲疑，「怎麼了嗎？」

幾位高層神色凝重，面面相覷。

方副署長說：「最近這半年來，消防局陸續接獲多起離奇案件，全都追查不出起火原因，店家和車輛在沒有任何人接近的情況下自動起火，甚至還有民眾走在路上突然自燃，目前已有五起類似的案例，案發時間均爲深夜到清晨這段期間。」

「你們認爲這是蕭宇棠所爲？」譚曜磊很快明白副署長的言下之意。

「她確實嫌疑最大，畢竟這種案件並非一般人能犯下，除了她，我想不出還會有誰。」情報參謀次長也說。

「有沒有可能是其他除了蕭宇棠以外的赤瞳者？」譚曜磊提出假設，「照醫事司司長所言，屬於第二型感染者的蕭宇棠，是透過器官移植變成赤瞳者，那就表示捐器官給她的人也是赤瞳者，那麼那位第一型赤瞳者是誰？他是在何種情況下成爲器官捐贈者？難道醫院做檢查時沒發現任何異狀？而若是這位第一型赤瞳者捐贈器官的對象不只有蕭宇棠，豈不表示還有其他的第二型感染者？」

醫事司司長點頭：「沒錯，除了蕭宇棠，還有一位名叫伍詩芸的第二型感染者，她在台灣動完手術後，前往美國讀書，卻在學校遭受霸凌，她運用異能殺害五名同學，最後舉槍自盡，這是發生在八年前的事，當時美國政府對紅病毒的存在仍然存疑，並未特別正視這起案件，直到國際間接連出現類似的傷亡案例，赤瞳者才眞正被關注。三年前，警方接獲通報，得知蕭宇棠很可能是赤瞳者，在追查過程中發現，伍詩芸與蕭宇棠於同年同月同一家醫院進行器官移植手術，器官捐贈者更爲同一個人。

「只是那間私人醫院的經營者已經易手，包括院長，當年爲蕭宇棠、伍詩芸動刀的醫療小組全都移居國外，聯繫不上，院內關於這起手術的資料也全數不見，因此無法得知器官捐贈者的身分，以及是否還有除了蕭宇棠、伍詩芸以外的器捐對象。」

一股寒意湧上譚曜磊的心頭，手術相關人士全都移居國外且聯繫不上？怎麼可能會有這麼離奇的巧合？

「不是有器官捐贈移植登錄系統？難道無法從那裡查到蛛絲馬跡？」也聽出問題的李哲，大膽提出臆測，「還是說，有人跳過這個系統，透過非正當程序，將第一型感染者的器官捐出去？應該……不可能吧？」

這是非常可怕且危險的假設，然而列席的幾個官員卻都不發一語，竟像是默認。

在這片詭譎的靜默中，譚曜磊看向醫事司司長，「您剛才提到，警方接獲通報，得知蕭宇棠很可能是赤瞳者，請問通報者是誰？」

「是德役的吳校長。」醫事司司長也不隱瞞。

這答案出乎譚曜磊的意料。

醫事司司長接著說：「吳校長在蕭宇棠失蹤一星期後向警方報案，宣稱蕭宇棠擁有相當危險的異能，爲了保護全校師生的生命安全，她不得不配合蕭宇棠的指示行事。包括宋曉荽的悲慘遭遇，也是她告訴我們的。不過，吳校長對於何謂紅病毒和赤瞳者一無所知。」

譚曜磊蹙眉，思緒快速運轉，「方副署長，蕭宇棠當年是怎麼失蹤的？」

「這點尚未查明，只知道她與一名當時在德役任職的校醫同時間失蹤。吳校長說，校方考量到蕭宇棠做過器官移植手術，才會讓校醫康旭容特別照顧她，沒想到蕭宇棠似乎因此對康旭容產生特殊情感，受他操控與唆使，不只一次動用異能殺人。」

「她不只一次殺人？」譚曜磊一愣。

「是的，除了宋曉荽，蕭宇棠曾在她的另一位小學同學家裡，引發瓦斯氣爆，導致對方與其他三名住戶傷重不治。」方副署長說完，隨手調出一張照片。

照片裡的康旭容相貌端正，有一雙淺褐色的眼珠。

看著這名與自己同齡的男子，譚曜磊的視線一時沒有移動。

「依譚警官所言，蕭宇棠擁有操控火的能力，表示她體內的紅病毒應該是進化了吧？」情報參謀次長表情陰沉，一旁的國際刑警科長同樣面色不佳。

「確實可以這麼認定。」醫事司司長接話，「第一型感染者發病時，所外發的能量會造成感染者周遭的空氣密度產生壓力變化，進而產生衝擊，致使建築物損壞，或是火災與爆炸的效果；而第二型感染者則多了奪取他人面孔的異能。至於譚警官提到的操控火這點，卻與目前已知的第二型感染者不同，確實可以解釋爲蕭宇棠體內的紅病毒正持續進化中。」

「難道第一型感染者體內的紅病毒，不會自行進化嗎？」李哲提出疑問。

「第一型感染者幾乎已不存在於世上，有人因承受不了紅病毒所帶來的痛苦而自殺，也有人因造成社會重大傷亡而伏法；況且各國政府有共識，一旦抓捕到赤瞳者，都不會讓他們存活下去，包括台灣。」醫事司司長耐心解釋。

情報參謀次長語氣轉爲嚴肅：「譚警官，下次再遇到蕭宇棠，絕對不能放過她，赤瞳者表面上是人類，但終究是怪物。一時心軟放過她，就等於安置一顆不定時炸彈在這片土地上，對她仁慈，就是對全國人民殘忍。」

怪物嗎？譚曜磊無法完全認同這種說法。

在變成怪物之前，赤瞳者也是普通人，生了病的普通人，他們是爲了續命，才不得不接受器官移植手術。

變成這樣的怪物，是他們願意的嗎？他們有選擇的餘地嗎？

誰希望自己是用這種方式活下去？

「紅病毒難道無藥可醫？」明知希望渺茫，譚曜磊仍問。

「除了宿主死亡，目前尚未發現殲滅紅病毒的方法，更從未聽聞有赤瞳者康復的前例。」醫事司司長語帶遺憾答道。

半個小時後，會議結束，李哲隨譚耀磊回到其住處。

「天啊，竟然會有這種事！」李哲煩躁不已，「我胳膊上的雞皮疙瘩到現在還沒消。」

會議後半段，李哲問起那位與蕭宇棠同爲第二型感染者的中國婦人之後的處境，得到的答案卻是，婦人五年前拍攝那支影片後即人間蒸發，無人知曉她是生是死，但眾人一致認定凶多吉少。

若婦人被處決，還算是最好的結果，但婦人很有可能被送去祕密進行各種人體實驗，甚至被摘取器官，以「製造」出更多的赤瞳者。

若有國家覬覦赤瞳者的異能，企圖將其運用在軍事上，也不是稀奇事。

會議中讓譚曜磊深感意外的還不只這些。

除了幾乎被「趕盡殺絕」的第一型感染者，帶原者也均在感染紅病毒多年後，一個個死於暴斃。根據家屬所言，絕大多數的帶原者，都是在某天突然倒下，解剖後也查不出確切的死因，只能當作突發性猝死處理。

部分帶原者生前曾簽署器官捐贈同意書，只是誰也料想不到，這樣的善心美意，竟導致往後不計其數的悲劇發生。

會議的最後，方副署長告訴譚曜磊，目前已掌握身分，還在追緝中的赤瞳者，全球剩不到五人，蕭宇棠就是其中之一。

這種沒有一個國家敢輕忽的紅病毒，正在走向滅絕。

很多赤瞳者都是在自身能力甦醒前，就先被政府找到，並在渾然不知的情況下，被注射致命藥劑，在醫院裡無聲無息死去。

站在最樂觀的角度，只要殲滅所有的赤瞳者，紅病毒的滅絕便是遲早的事，而且就在不遠的將來。

譚曜磊好奇，蕭宇棠當時說的「就快結束」，會不會就是這個意思？

她清楚自己的處境嗎？知道自己終將難逃一死嗎？

蕭宇棠要他去到馮瑞軒身邊，眞正的用意是什麼？如果馮瑞軒確實是極具危險性的赤瞳者，蕭宇棠眞的會親手殺了她嗎？爲什麼蕭宇棠要這麼做？

蕭宇棠必定知道全世界都在追殺赤瞳者，她能坦然接受這樣的命運？沒有任何的不甘與怨懟？

「隊長？你在想什麼？」

見譚曜磊一直不說話，李哲叫了他一聲，譚曜磊的注意力回到李哲身上。

「李哲，我要你當作從沒聽說過這些事，別跟赤瞳者扯上關係。」

「爲什麼？」李哲瞪大眼睛。

「上次你差點沒命。」譚曜磊沉聲道，「蕭宇棠完全有能力取你性命，我不認爲她下次還會放過你。」

「隊長你不也一樣？」

「我無所謂，我有不得不參與其中的理由，而且我孤家寡人，沒什麼需要顧慮的。可是你有家人，還有女朋友，爲了他們，你不該牽扯進來。」譚曜磊深深嘆了口氣，「算我拜託你，我不能眼睜睜看著身邊的人，再次因爲我而喪生。」

李哲看著他，眼底閃過一絲掙扎和憂傷，久久未出一言。

幾日後的早晨，譚曜磊在鏡子前刮鬍子。

他看著鏡子裡那張乾淨清爽的臉，這是這一年多來，他首次好好打理自己。

今天他和吳德因約好在德役完全中學見面。

甫踏進德役大門，就有人領著他前往賓客接待室。光是步行在寬闊華美的校園裡，就能理解爲何有這麼多家長想將孩子送進德役就讀。

抵達氣派的接待室，接待人員擺好茶點後退下，門很快又被打開，一名身著白色套裝的年長女子走進來。

「譚警官，你好。」女子優雅一笑，伸出右手，「我是吳德因。」

簡單寒暄幾句，吳德因便將談話導入主題，譚曜磊也開門見山問：「您說馮同學過去在台中遭受過襲擊？」

「是的，她兩次差點被樓上掉下來的盆栽砸中，所幸她反應快，及時閃避，否則後果不堪設想。」

「地點在哪裡？」

「一次是在學校附近，一次是在鄰近她家的馬路上。同一個月，瑞軒搭乘校車前去校外教學，有人朝校車丟石頭，砸破的剛好就是她座位旁邊的玻璃窗。這樣的事在短時間內連續發生，實在很難視為單純的巧合。」吳德因坐姿端正，抿了一口茶，「未來一到兩個月，瑞軒每個週末都得返回台中探視家人，我擔心她可能會再度遇上危險。」

「聽說她還曾收過騷擾信？」譚曜磊問。

「是的，時間點很相近，我懷疑是同一個人。」

「對方有沒有可能是衝著您來的？或許對方得知馮同學跟您很親近，才選中她出手？」

吳德因沒有否認，「嗯，不排除有這種可能。」

「您有想過會是誰嗎？」

「雖然沒有證據，但我心中確實有個懷疑的人選。」吳德因輕輕嘆息，「她是我過去非常疼愛的學生，可惜錯信他人，犯下無法原諒的過錯，也對我懷恨在心。她先前對瑞軒做出的那些舉動，應該只是初步警告，若不加以防範，接下來很可能會出現更嚴重的攻擊。」

雖然已能肯定吳德因說的就是蕭宇棠，譚曜磊形式上還是必須這麼問：「方便讓我知道那個人的姓名嗎？」

「她叫——」吳德因的話被敲門聲截斷，她揚聲道：「請進。」

一名容貌秀氣的女學生推門走進接待室，譚曜磊一眼就認出她是馮瑞軒。

「瑞軒，來。」吳德因起身拉著女學生來到譚曜磊面前，「這位是負責護送妳回家的譚曜磊警官，跟譚警官打聲招呼。」

馮瑞軒乖巧開口：「譚警官，您好。」

「妳好。」譚曜磊端詳女孩纖巧的面容，「馮同學，妳有任何問題，隨時可以聯絡我。」

「好，謝謝您。」馮瑞軒微微欠身。

譚曜磊一時有些恍惚，直至這一刻，他才意識到，馮瑞軒的年紀和女兒小蒔一樣大。如果馮瑞軒只是一名普通的女孩，他或許會對這個彬彬有禮的孩子有些許憐愛之情，但她不是。

讓馮瑞軒與譚曜磊打過照面後，吳德因便吩咐她回去上課，待她離開，兩人才接續方才的話題。

果不其然，吳德因認爲企圖加害馮瑞軒的人，便是蕭宇棠。

✦

週六早晨，譚曜磊驅車抵達德役的校門口。

離約定時間還有十五分鐘，馮瑞軒卻已經在警衛的看護下，背著包包站在那裡等候。

他準備下車，馮瑞軒卻抬手制止他，自行打開車門坐上副駕駛座，繫好安全帶。

「怎麼了嗎？」

「不好讓您下車替我開車門，這樣很奇怪。」她聲音細小。

「妳覺得太醒目？」譚曜磊心想，自己穿著和常人沒有兩樣，駕駛的也不是警車，不至於惹人注意才對。

「不是，我只是認爲沒有理由讓您替我這麼做。」

譚曜磊有點意外，他原以爲馮瑞軒在吳德因的特殊照拂下，多少會有些恃寵而驕，不料卻是如此懂事有禮。

一直到上了國道，馮瑞軒始終坐得直挺挺的，一次都沒有拿手機出來滑，也沒有出聲。

「要不要聽音樂？」譚曜磊打破沉默，見女孩點頭，他打開廣播，轉到音樂頻道，悠揚美妙的樂曲從音響傾瀉而出。「用不著拘束，妳可以玩手機，或是小睡一下，到了我會叫妳。」

「好。」儘管馮瑞軒嘴上應下，卻仍只看著窗外的風景。

過了一個小時，馮瑞軒終於忍不住打起盹來，頭也往窗邊斜去。

待下了交流道，遇到紅燈停下，譚曜磊側頭看向她的睡臉。

這孩子的睡臉如此平靜安詳，柔弱無害，他祈禱這一切只是誤會。

祈禱不得不對這個孩子舉槍的日子，永遠不會到來。

同時他心裡也浮上一個疑問。

明知蕭宇棠身負危險的異能，也認定她企圖對馮瑞軒不利，爲何吳德因看到警方僅派出他一人護衛馮瑞軒時，並未提出質疑？吳德因就這麼信任他的能力？

他可不認爲吳德因如此天眞。

熟睡的女孩忽然全身一震，驚恐地睜開眼睛，呼吸急促。

「怎麼了？」譚曜磊馬上關心，「做噩夢了嗎？」

馮瑞軒雙眼無神，下意識點頭。

他放柔了嗓音安慰她，「那只是場夢，不是眞的，不要害怕。」

「不好意思，我不小心睡著了。」馮瑞軒回過神來，匆匆理了下頭髮，「譚警官開車很平穩，坐起來很舒服，我才會……其實我平常五點就起床了，今天算是有多睡一會兒了。」

「五點？這麼早？」

「我參加學校的武術社，每天早上六點要晨訓。」

「那眞辛苦。」譚曜磊淡淡接了句。

他看過馮瑞軒的資料，得知她過去在泳壇屢創佳績，這樣的她爲何參加的不是游泳社，而是武術社？不過，這種無關緊要的小事並不值得探究。

譚曜磊只隨口問：「妳學的是哪種武術？」

「我剛入社不久，還在學習靜坐的階段。」

「原來如此，不過把晨練的時間訂得這麼早，想必你們的武術老師相當嚴格。」

「嗯，不少人都被他罵哭過。」

「包括妳嗎？妳會不會很怕他？」

「我不怕他。」馮瑞軒低頭看著自己的手，語氣肯定，「他是非常好的老師。」

十五分鐘後，兩人抵達一間醫學大學的附設醫院。

走進醫院大廳，譚曜磊聽到一名婦人喊了馮瑞軒的名字，想必是她的母親，她飛奔過去抱住對方。

依偎在母親懷裡的馮瑞軒，看起來才眞正像個十五歲的孩子。

像是心有靈犀，馮瑞軒的奶奶，就在馮瑞軒回來的這天清晨恢復意識，醫生檢查後宣布，馮奶奶很快就可以出院在家休養。

看著正開心陪著奶奶說話的馮瑞軒，譚曜磊並不打算打擾他們一家難得的天倫之樂，默默退出病房，沒想到馮父追出來向他道謝，並與他聊了起來。

譚曜磊看得出馮瑞軒是在充滿愛的環境下長大，她與家人感情深厚，如今卻連回家一趟都不可得，對一個年僅十五歲的女孩來說，實在過於煎熬。

「你們一定很想她。」譚曜磊由衷道。

「我們只有這麼一個女兒，為了她的安全起見，也只能這樣。瑞軒過去兩次僥倖從鬼門關前繞了一圈回來，現在又遇上這種事。」馮父苦笑。

「從鬼門關繞了一圈……怎麼說？」譚曜磊敏銳地捉住馮父話裡的重點。

「她小時候生過一場大病，所幸老天眷顧，才得以平安長大。然後瑞軒以前學校的游泳場館，在去年那場大地震中震毀，她很多朋友都死了，瑞軒幸運逃過一劫，卻從此性格大變，把自己封閉起來，時常好幾天連話都不說一句，夜裡還經常做噩夢。吳校長建議她轉學到德役，換個生活環境，但我們捨不得她離家，瑞軒自己也沒有意願。」馮父嘆了口氣，「沒想到一年後，瑞軒遭受不明人士襲擊，她才主動提出要去德役念書。」

聽到這裡，譚曜磊心跳微微加快，「冒昧請問，她小時候生的是什麼病？」

「瑞軒罹患一種罕見的嚴重肺病，我們一度以為會失去她。」

「那最後是如何治好的？」

「是靠肺部移植手術，動手術的時候她才六歲，幸好術後沒有出現任何排斥反應。」

馮父這番話聽在譚曜磊耳裡，猶如晴天霹靂，他問：「……是在這間醫院動的手術嗎？」

「不，是在台北的大醫院。」馮父忽然話題一轉，「譚警官結婚了嗎？」

譚曜磊停頓片刻才答：「嗯，我也有一個跟瑞軒同年的女兒。」

「你看起來還很年輕，女兒居然這麼大了呀。」馮父真誠的笑容裡帶著驚訝，「既然如此，你一定能懂這種爲人父的心情。眞的很謝謝你專程護送瑞軒回來，我女兒就拜託你了。」

「嗯。」譚曜磊輕扯嘴角，卻無法再直視馮父的眼睛。

他表面上風平浪靜，心中實已掀起驚濤駭浪。

馮瑞軒不僅也動過器官移植手術，對照時間，還跟蕭宇棠在同一年。這樣的巧合絕非偶然，馮瑞軒十之八九也是赤瞳者，而且是最危險的第二型感染者。

這就是蕭宇棠想讓他知道的嗎？她是從何得知馮瑞軒是第二型感染者？關於其他赤瞳者的確切身分，連警方都尚且未能掌握……

譚曜磊想起方才馮父提及的那場全台有感的台中大地震，但這跟他的認知裡，赤瞳者所引發的地震不同，赤瞳者頂多只能讓一棟房子震毀，並沒有讓整座島嶼地牛翻身的力量……

難道，這與紅病毒的進化有關？

親眼見識過赤瞳者毀滅性的力量，譚曜磊很清楚赤瞳者的存在，對於整個人類社會有多麼危險，即使他現在就動手殺了馮瑞軒也不爲過。哪怕這孩子或許對自身的異能一無所知，也不曾主動傷害過別人。

然而，與蕭宇棠立下的約定，卻使他陷入了天人交戰。

見過吳德因之後，他心中的疑點愈來愈多，亟欲再見蕭宇棠一面，聽聽她怎麼說。要是他現在就殺了馮瑞軒，勢必將破壞與蕭宇棠的合作關係，如此一來，那些疑點可能再也無法獲得解答……

思及此，譚曜磊鬆開攥緊的手指，努力讓自己的呼吸平穩下來。

由於得趕在傍晚將馮瑞軒送回德役，譚曜磊下午四點就帶著她離開醫院。

回程路上，馮瑞軒又變回溫順拘謹的模樣，眼眶還帶點紅。

「見過妳奶奶，稍微安下心了嗎？」他問。

「嗯，我跟她說，下週就會再回去看她，可是她有點失智，我怕她還是會偷偷溜出家裡找我。」馮瑞軒目中仍有憂色。

「別太擔心，妳爸媽會看著她的。」

譚曜磊一句簡短的安慰，讓馮瑞軒稍稍驅散心中的不安，她靦腆道：「今天很謝謝譚警官。」

「別客氣，妳叫我譚叔叔就行了。」

「好的，譚叔叔。」女孩乖巧地叫了他一聲，口中卻又逸出一聲嘆息。

「怎麼？還是放心不下奶奶？」馮瑞軒令譚曜磊想起自己早夭的女兒，他忍不住想多關心她些，見她慌張地搖頭，又問：「那是有其他煩惱？」

馮瑞軒囁嚅道：「奶奶一直很不放心我一個人在台北念書，所以我跟她說我和同學相處得很好，也交到了好朋友，沒想到爸爸媽媽聽到後非常高興，說了幾次很歡迎我邀請同學來台中家裡玩。」

想起今天與馮父的對話，譚曜磊能理解馮家父母的心情，聽聞女兒終於不再封閉自己，當然會喜出望外。

「妳擔心吳校長不會允許？」他揣測女孩的顧慮，同時思索這件事的可行性，畢竟他只有一個人，多了其他孩子同行，一旦有突發狀況，恐怕會難以應付。

「不，其實我是騙奶奶的，我在德役根本沒交到什麼好朋友，要是爸媽知道眞相，一定會很失望。」馮瑞軒垂頭喪氣道。

譚曜磊沒有雞婆地關切她的交友情形，而是針對她的擔憂給出建議，「也不一定要邀那種非常要好的朋友，或者妳可以請稍微有些交情的對象幫忙，有這樣的人選嗎？」

馮瑞軒一愣，表情有了轉變，「……應該有。」

「那妳試著找對方商量看看，之後再去徵詢吳校長的同意。」

「這樣眞的可以嗎？」她仍略微躊躇，眼睛卻出現光芒。

「有時說些善意的謊言，是可以被原諒的。」譚曜磊莞爾一笑。

馮瑞軒也跟著展露笑顏，眼底的抑鬱一掃而空。

# 第五章

雖然幫馮瑞軒出這個主意的是自己，但見到馮瑞軒準備帶回台中家裡的人選，譚曜磊還是有些意外。

他沒料到那會是高中部的男生，而且還有兩位。

名叫夏沛然的孩子，有著一雙古靈精怪的眼睛，從身上昂貴的衣著配件就能知道他是典型的德役學生；另一位名叫韓宗珉的男孩，衣著就相對平凡些，他靦腆有禮，還帶了見面禮要給馮瑞軒的家人。

馮瑞軒在徵得吳德因的同意後，吳德因便聯繫譚曜磊，告知這週會有馮瑞軒的朋友一塊同行，客氣地請他幫忙照顧，他自是一口允諾。

透過與少年們的閒聊，譚曜磊得知韓宗珉在學校頗照顧馮瑞軒，二話不說便應允「假扮馮瑞軒的好友」，但考慮到若只有他一個男生，可能會讓馮瑞軒的家人有其他聯想，於是他又找了夏沛然陪同。

譚曜磊沒有表明身分，也不曉得馮瑞軒是如何向他們介紹他的，以及又是如何解釋他專程護送她回家一事。

不管怎樣，這次多了兩名少年加入，車上的氣氛熱鬧歡騰許多。

「韓宗珉，上次你推薦的影集我看完了。」夏沛然說。

「怎麼樣，還不錯吧？」韓宗珉興高采烈道。

「馬馬虎虎啦，主角復仇的手段太客氣了，怎麼能只用安眠藥昏迷對方再殺掉他？對方可是殺子仇人，如果可以，最好讓對方神智清醒，卻又無法掙扎，然後在痛苦之中慢慢死去！」夏沛然撇撇嘴。

「這個……琥珀膽鹼應該辦得到吧。」

「什麼鹼？」夏沛然一頭霧水。

「琥珀膽鹼啦，那是種使肌肉鬆弛的麻醉藥劑，注射過量能讓人在意識清醒的情況下全身麻痺，最後窒息而死。」韓宗珉說得煞有介事。

譚曜磊不禁插話：「你倒是很了解。」

「沒有啦，我只是喜歡看犯罪影集和小說。」韓宗珉笑容憨直。

「那你也該多看些戀愛主題的影集吧，學學如何討女生歡心，才不會蠢到送賣場折價券給女生當禮物。」

「夏沛然！」韓宗珉羞惱大叫。

譚曜磊注意到坐在副駕駛座的馮瑞軒輕咳一聲，微微別過臉，像是在忍住笑意。

「啊，不過這應該問譚叔叔才對。」夏沛然忽然透過後視鏡看向譚曜磊。

「問我？爲什麼？」

「因爲您才是這方面的專家呀。」夏沛然語出驚人，「您過去不是刑事局偵查第三大隊隊長嗎？」

譚曜磊一愣，車上另外兩人也朝他望去。

「偵查第三大隊？」韓宗珉一臉迷惑，嘴巴微微張開。

「是啊，我在電視新聞上看過譚叔叔，幾次偵破跨國毒品走私案，都是由他出面對媒體發言，那時的譚叔叔可眞是威風凜凜。」夏沛然笑吟吟道。

譚曜磊心下驚愕，很意外夏沛然竟能認出他來。

「眞的嗎？譚叔叔是警察？」

從韓宗珉這句話就能知道，馮瑞軒並未對那兩名男孩透露太多。

譚曜磊只得承認，「那都是以前的事了。」

「難怪最近警方偵破那起全亞洲近數十年來最大宗毒品走私案時，出面發言的不再是您了。」夏沛然點點頭，轉而調侃好友，「不過，韓宗珉一定以爲您只是名普通司機。」

「我哪有這麼說？」韓宗珉臉紅了。

「沒關係啦，就算你現在心裡正想著，根本看不出譚叔叔曾經這麼意氣風發過，我相信他大人有大量，也會原諒你的無禮的。」夏沛然拍拍韓宗珉的肩膀。

「我才沒有這麼想，夏沛然你別亂說！」

一行人吵吵鬧鬧地抵達馮瑞軒位於台中的住處，那是一棟鄰近市區的透天厝，馮瑞軒的父母早已備好一桌好菜，等著他們入席。

舌粲蓮花的夏沛然很懂得逗長輩開心，席間妙語如珠，連馮瑞軒都幾次忍俊不禁；韓宗珉也用行動展現體貼的一面，餐後自告奮勇要幫忙洗碗。

「都是非常懂事的孩子，有他們在德役照顧瑞軒，我就放心了。」

聽到馮父這麼說，譚曜磊不知怎地，忽然想起了蕭宇棠。

蕭宇棠的父母應該早就聽聞蕭宇棠失蹤的消息了，他們知道女兒身上發生了什麼事嗎？蕭宇棠有跟他們聯絡嗎？是不是該找時間去見見他們？

一旦馮瑞軒是赤瞳者一事被揭露，馮家此刻的天倫幸福，勢必將再不可得。

手機鈴聲打斷譚曜磊的思緒，看清來電者是誰後，他走出門外接起電話。

「李哲，找我什麼事？我說過，我不希望你繼續參與……」

「隊長，等等你就會把這句話收回去。」李哲低笑，「你就照你的意思去做，至於我，我還是會做我該做的事。」

「什麼意思？」

「我知道你是為了我好，才要我別蹚渾水，你儘管去找蕭宇棠，或者去調查赤瞳者，我不會硬要攪和進去，但我會盡可能幫忙打探消息，在背後助你一臂之力。」像是不想讓譚曜磊有機會拒絕，李哲接著問：「隊長，你找過蕭宇棠的父母了嗎？」

「……還沒，我正想查找他們的下落。」譚曜磊微微一愣，沒想到李哲的思路與他不謀而合。

「蕭宇棠的父母和弟弟過去住在外島，三年前蕭宇棠失蹤後，全家搬回台灣本島，並受到政府嚴密的監控。據悉，蕭宇棠從未與家人聯繫，她的家人都認爲，蕭宇棠是因爲與康旭容的戀情不容於世，才從德役離開，其餘一概不知。」

譚曜磊很驚訝，「你怎麼……」

「我只是覺得，隊長說不定會想從這邊找線索，就先去查了。」李哲嘆了口氣，「隊長，你就別再說自己孤家寡人了，隊上還有很多人關心你。我不會扯你的後腿，就讓我幫你吧。」

譚曜磊喉嚨發乾，明白自己阻止不了李哲，「好，但你必須答應我，只能居中打探消息，不得擅自行動。」

「遵命。」李哲說話的語氣明顯飛揚了起來，「我還查到另一件事，蕭宇棠在離開德役前，有過幾個好朋友，其中一位目前在台北念書。」

「叫什麼名字？」譚曜磊用脖子和肩膀夾住手機，空出手從外套口袋掏出筆和小記事簿。

「她叫楊欣，是T大法律系二年級學生。楊欣和蕭宇棠高中同班，也曾經是室友，只是楊欣高二下學期就轉學了。」

「楊欣爲什麼會選在高二下學期轉學？」譚曜磊微微皺眉。

「不清楚，可以問一下吳校長——」

「不！」譚曜磊猛地打斷李哲，「別去問她任何事！」

「爲什麼？她應該會很樂意和警方配合。」李哲不解。

「……我問你，倘若除了蕭宇棠，德役還存在有另一名赤瞳者，而且兩人還是經由同一個途徑感染紅病毒，你認爲這種機率有多高？」譚曜磊一字一頓說。

「這、這不可能吧？你、你是說這兩個人接受了來自同一位紅病毒感染者的器官捐贈？」李哲驚訝得都結巴了，「你爲什麼這麼問？難道你找到了其他第二型感染者？而且也是德役的學生？」

「沒有，這只是我的一個猜測。」譚曜磊暫且語帶保留，話鋒一轉，「先前衛福部醫事司司長的說法很怪異，替蕭宇棠進行器官移植手術的醫療小組全部移居國外、聯繫不上，相關手術資料也不翼而飛，感覺很像是有人串通醫院，故意將第一型感染者的器官，移植到其他人身上，之後再抹除所有證據。這種顯而易見的可能性，卻未聽長官們在會議中指出，不免讓人懷疑背後是否另有隱情。」

李哲聽得連連點頭，「隊長，所以你懷疑這跟吳校長有關？」

「或許吧，在我的猜測得到證實前，絕不能打草驚蛇。」

「我明白了，那你一定要小心。」李哲說完便切斷通話。

看著寫在記事簿上的這個名字，譚曜磊很快又撥了通電話。

「嗨，姊夫，難得你會主動打給我。」話筒裡傳來葉霖精神抖擻的聲音。

「有件事想請你幫忙，你高中最好的朋友就讀T大法律系，對吧？」

「對呀，怎麼了？」

譚曜磊請葉霖的好友代爲聯繫楊欣碰面，葉霖爽快地替好友應下。

「謝謝，你幫了我一個大忙。」

「不用客氣，不過你爲什麼要找這個人？」

「一言難盡，有機會再跟你說，總之拜託你了。」

才剛結束這通電話，就有人從背後叫住譚曜磊。

「譚叔叔，這是馮叔叔要我拿過來給您的。」夏沛然拿著兩罐罐裝咖啡走來，把其中一罐遞給他，「您在忙嗎？」

「還好，只是處理一下工作上的事……」接過咖啡時，譚曜磊的目光停在男孩伸過來的左手上，「你介意別人問你爲什麼要戴手套嗎？」

「譚叔叔很好奇？」

「有點，你要是不想說也沒關係。」

「這個祕密我從來沒告訴過別人。」夏沛然莞爾，「但如果是譚叔叔，我願意破例，不過有個條件，您要回答我一個問題。」

譚曜磊謹愼地說：「你先說說看是什麼問題。」

「譚叔叔，您的防衛心眞重。算了，我還滿喜歡譚叔叔的，就算您不肯回答我的問題，我也願意告訴您。」夏沛然灑脫地笑了笑，將未開罐的咖啡夾在腋下，緩緩用右手脫去戴在左手上的手套。

看著夏沛然的左手，譚曜磊不禁愣住了，「是怎麼弄成這樣的？意外嗎？」

「不是，我自己弄的。」

儘管刻意不表現得太震驚，譚曜磊還是忍不住脫口而出：「爲什麼？」

「算是在自暴自棄的情況下，故意做的實驗吧，詳細原因我現在還不能跟您說。」

現在還不能說，意思是以後有一天就能告訴他嗎？

譚曜磊沉默半晌又問：「沒辦法治療嗎？」

「是能變得『好看』一點，我爸媽也願意砸錢，送我去國外做最好的治療，但是我不願意，就算我的手能恢復原樣，也沒什麼意義了。況且，我要看著這隻手，才不會忘記自己該做的事。」說完這段隱晦不明的話，夏沛然戴回手套，「我可以問問題了嗎？」

「好，你問，如果我能回答，就一定回答。」

「譚叔叔，要先跟您說聲抱歉，其實我在您身後的牆邊站了五分鐘才出聲。剛剛您在講電話時，提到了蕭宇棠，您認識她嗎？」

譚曜磊心中一凜。

從夏沛然在車上認出自己的那一刻起，譚曜磊就深感這名少年不容小覷，身為一名高中生，居然只憑幾次在新聞上見過他，就認出他來，著實頗為蹊蹺；而夏沛然竟還能做到安靜站在他身後不遠處，卻不被他察覺。

不曉得夏沛然剛才偷聽到多少，又聽懂了多少……

譚曜磊不答反問：「你問這做什麼？」

「蕭宇棠很有名啊，她在我們學校的傳聞相當精彩。」夏沛然的嘴角俏皮地勾起，「譚叔叔，據說蕭宇棠失蹤很久了，莫非您見過她？」

或許是夏沛然大方對他坦露了自己左手的祕密，譚曜磊覺得自己若是全然迴避不答，頗有以大欺小之嫌。

「我只在偶然間見過她一次。」斟酌過後，譚曜磊選擇以部分實話作出回應。

「是喔？」夏沛然點點頭，「譚叔叔表情變得這麼嚴肅，想必這件事茲事體大，不是我能過問的吧？請放心，我不會說出去的。話說回來，您想不想聽聽蕭宇棠在德役的傳聞？就當作是您願意對我說眞話的謝禮。」

譚曜磊微不可察地挑了挑眉，夏沛然怎麼能肯定自己沒有對他說謊？

他覺得自己似乎正被這孩子牽著鼻子走，不過他確實被夏沛然這番話勾起了興趣，即使是八卦傳聞，也可能暗藏線索。

後來那一罐咖啡的時間，譚曜磊都在聽夏沛然說蕭宇棠的事。

其中有個人引起了他的注意，那就是德役的武術老師，史密斯。德役的武術社只有高中部學生才能報名參加，由史密斯裁決誰能錄取，偶爾他也會破格讓具備潛力的國中部學生提前入社。

蕭宇棠和馮瑞軒一樣，也是在國中時期就被史密斯選進武術社。從史密斯和校醫康旭容，由於對蕭宇棠在體能訓練上的理念不同而長期水火不容，到最後蕭宇棠選擇和康旭容一塊離開德役，譚曜磊都還能理解，然而當夏沛然提到史密斯殺害蕭宇棠的傳聞出現，他忍不住皺眉。

「爲什麼會出現這種傳聞？」

「不知道，但大家也不會眞的相信啦，畢竟學校怎麼可能容許殺人犯繼續任教？警方也會介入調查呀。不過，或許確實有人希望他殺了蕭宇棠也說不定。」

譚曜磊聽得更糊塗了，「你的意思是，有人討厭蕭宇棠，討厭到希望史密斯殺了她？」

「不，是有人看史密斯老師不順眼，希望藉由這個傳聞，讓他和蕭宇棠一樣，永遠從德役消失。」夏沛然說得一副煞有介事的樣子。

這個說法缺乏證據支撐，譚曜磊沒放在心上，認爲這應該只是少年腦洞大開的臆測，無須當眞。

只是根據夏沛然所言，史密斯設下的入社考核難度極高，蕭宇棠和馮瑞軒都能提前入社，是單純的巧合嗎？還是因為兩人都是赤瞳者，身上的異能使得她們表現出色，才得以通過考核？又或者那其實是出於吳德因的刻意安排？

夏沛然卻搖頭，「校長在這方面很尊重史密斯老師，德役武術社之所以能聲名遠播，全拜史密斯的慧眼識人與他所採行的訓練方式；若沒有堅強的心智與過人的能耐，是不可能捱過史密斯的魔鬼訓練的。只有在某些學生身體情況不允許繼續習武、卻又不願放棄的情況下，校長才會出面要他們退社。」

「這麼不想退社？所以史密斯還是挺受學生愛戴的？」譚曜磊想起馮瑞軒也曾肯定過史密斯，當時她那番話聽上去發自肺腑。

「一半一半吧，也有很多學生超級討厭他，畢竟他非常嚴苛，又缺乏同理心，聽說蕭宇棠就吃過他的苦頭，瑞瑞學妹也是。」

「怎麼說？」譚曜磊起了好奇心。

「瑞瑞學妹每天都被逼著靜坐，直到體力不支倒下為止。」夏沛然歪著腦袋說，「有一點很奇怪，瑞瑞學妹過去是游泳健將，體力理當很好，為什麼會在靜坐過程中暈倒？」

「吳校長知道嗎？她沒出面阻止？」

「沒有，所以才更奇怪。學校裡很多人都知道，校長向來對瑞瑞學妹另眼相待，卻在這件事上袖手旁觀，很不合理對吧？」說完，夏沛然忽然嘴角勾起，壓低音量，「譚叔叔，這些都是我聽來的，不保證眞假喔。」

「好，謝謝你告訴我。」

「因爲是譚叔叔，我才願意說這麼多，可以像這樣跟您聊天，我很高興。」夏沛然似有深意地眨了眨眼睛。

譚曜磊看著他，正想再開口，卻見韓宗珉走了過來。

韓宗珉一臉詫異，「夏沛然，你和譚叔叔怎麼躲在這裡聊天呀，馮阿姨叫你去吃水果。」

「太棒了，我正想吃點東西。」夏沛然伸了個懶腰，接著像是突然想起了什麼，「韓宗珉，你家不也在台中嗎？要不要順便回去一趟？」

「啊？不用了啦。」韓宗珉馬上搖手拒絕。

「原來你也是台中人啊。」譚曜磊頗意外，「既然都來了，就藉這個機會回家看看吧。」

「對啊，今年都快過完了，你都還沒回去過，學校只是禁止學生外宿，又沒說不能回家。」夏沛然不以爲然，「還是我陪你回去？」

「眞的不用了！」韓宗珉猛搖頭，臉上浮現些許落寞，「我和家裡的關係不是很好，就算回去，我爸媽也不會多高興，還是算了。」

「那你哥呢？你不是說你有一個哥哥？」

「我跟我哥也不是很合，他脾氣古怪，講話尖酸刻薄，我爸媽又比較寵他……哎呀，不必管我了，今天重點是陪學妹回來，我本來就沒想過要順便回家。我們趕快進去吃水果吧！」韓宗珉說到最後，竟頗有些落荒而逃的意味，搶先轉身離開。

譚曜磊和夏沛然對望一眼，夏沛然聳聳肩說：「沒想到這傢伙跟家人之間的關係也這麼差。」

「也？」譚曜磊聽出弦外之音。

「譚叔叔，我們學校流傳著一個魔咒。德役的學生，有一半以上的機率會與家人變得疏離，嚴重的甚至還會反目成仇。您聽說過嗎？」

譚曜磊確實聽說過這個傳言。

過去幾年來，陸續有多名家長透過網路或媒體指控，德役校長吳德因灌輸學生偏差的觀念，導致他們與父母產生嫌隙。

這樣的指控聽起來很牽強，尤其家長們也未能提出實質性的證據，因此譚曜磊當時聽過就算，並未放在心上。

直到現在。

他沒有正面回答夏沛然的問題，反問：「那你和你爸媽的關係如何？」

「很好啊，就算哪天我們感情變差，也不會是校長造成的。只要別在德役待太久，就不會那麼輕易被他人訓練成棋子。」

又是話中有話。

譚曜磊看著夏沛然主動替他收走咖啡空罐，腳步輕快地回到屋裡，他過了幾分鐘才跟上去。

✦

趁著大家在吃水果，馮父悄悄將譚曜磊拉到一旁說話，他很心疼女兒平時為了確保人身安全，待在學校足不出戶，好不容易這次能出來一趟，想請譚曜磊在回程時載馮瑞軒去哪裡走走。

譚曜磊不忍拒絕，畢竟他也曾為人父，自然能理解馮父的心情，況且這對可憐的父母，能夠擁有馮瑞軒的時間，或許不會太多了。

當他告訴馮瑞軒，在回學校之前，可以載她去想去的地方繞繞，女孩臉上那陷入掙扎的表情，微微扯痛了他的心。

「這樣會不會給譚叔叔添麻煩？」馮瑞軒仍體貼地為他著想。

「不麻煩。」譚曜磊微笑，「說吧，妳想去哪裡？」

女孩很快說出一個地方。

譚曜磊載著三個孩子，來到距離馮家車程不到十分鐘的一間二手書店。

老闆娘和馮母是舊識，馮瑞軒從小就常跟著母親來書店看書，和老闆娘感情很好。

趁著馮瑞軒與老闆娘聊天，其他人各自在店內找尋感興趣的書籍翻看。

譚曜磊走到一列書櫃前，不經意瞥見了某一本書，腦海冷不防浮上一段往事，他抽出了那本書。

「《飛越山洞的多多》？我看過這本書。」夏沛然走到他身旁，語氣充滿懷念，「我記得主角是一隻在山裡長大的海鷗，爲了看見海，飛過長得要命的山洞。」

韓宗珉也湊過來，「哇，我小時候也讀過，還寫了讀書心得報告！」

「你們怎麼看這隻海鷗？」想起葉霖上次見面所言，譚曜磊想聽聽這兩名少年的看法。

「牠很有毅力啊，無畏嘲笑與挫折，爲了實現夢想，努力飛越山洞，只要堅持下去就會成功，是很典型的勵志故事。」韓宗珉不假思索答道。

「我倒不這麼認爲，明明從來沒有動物穿越過那個山洞，多多的好友怎麼能保證出了山洞，就會看見多多朝思暮想的大海？分明是不懷好意。而且多多爲什麼要自找麻煩，非要往伸手不見五指的山洞裡飛？難道不能直接從山洞上頭飛過去？我怎麼想都覺得多多就是一隻腦筋不好的笨海鷗！」

「你跟一本給小孩子看的繪本認眞什麼啦？要是你讀書心得這麼寫，肯定零分！」韓宗珉吐槽。

譚曜磊輕哂，打開繪本翻看了一會兒，便把書放回原位。

離開二手書店，譚曜磊問馮瑞軒還想去哪，她卻沉默不答，情緒明顯低落了下來，譚曜磊隱約猜到她可能想回以前的學校看看，卻因爲過往的傷痛而卻步。

爲了活絡氣氛，譚曜磊指向前面街口的超商，「要不要買些零食等一下在車上吃？我請客。」

「我去買吧，我正好想去洗手間。」韓宗珉不好意思地說。

「要是等你上完廁所才去採買，時間會拖太久，我和瑞瑞學妹去買就好，你專心去解放吧。」夏沛然振振有詞，「譚叔叔，前面好像不能臨停，您開車繞一圈再回來接我們吧。」

儘管不想讓馮瑞軒離開自己的視線，但想到若是她能自行前往超商挑選喜歡的零食，或許會開心些，於是譚曜磊答應了，他從皮夾抽出一張伍佰元紙鈔遞給夏沛然，放他們三個人在超商門口下車。

韓宗珉一進到超商便直衝廁所，其他兩人拎著購物籃穿梭在貨架間。

「買罐能量飲料給譚叔叔吧，他還要開好久的車。」夏沛然提議。

「好。」馮瑞軒點點頭。

這時有名綁著馬尾的女孩，用不確定的語氣叫了馮瑞軒的名字，在看清馮瑞軒的面容後，她驚喜道：「眞的是妳！聽說妳轉學去德役了，這次是回來玩嗎？我們在用餐區聊天，妳要不要過去跟大家見個面？」

「大家……」馮瑞軒愣住了，吶吶地問：「程玥亮……也在嗎？」

馬尾女孩興高采烈地答：「對啊，他也在。我帶妳去找他，他一定很想見妳——」

「不！」馮瑞軒驚慌抓住她的衣服，「別讓他知道我在這兒，拜託。」

「爲什麼？」馬尾女孩偷覷了一眼正走到飲料陳列架前挑選的夏沛然，神情複雜，「妳有男朋友了？」

「不是，總之別讓他知道……」馮瑞軒話還沒說完，就被另一名女孩的呼喊聲打斷。

「喂，妳還沒好嗎？我們要走了喔。」

「呃，我馬上好，你們在外面等我一下。」馬尾女孩高聲回應同伴，隨即轉向臉色發白的馮瑞軒，低聲問：「妳到底怎麼了？當初突然間就轉學了，妳眞的不想見程玥亮？」

馮瑞軒沒有回答，眼中浮現一抹痛苦。馬尾女孩拍拍她的肩膀，示意她往玻璃落地窗外望去。

瞥見那個熟悉的身影，馮瑞軒的心臟重重一跳，那個頭髮極短、長相文質彬彬的男孩，剛好側身走向朋友，沒有發現她。

他走路的姿勢有些不自然，但臉上帶著笑容，精神抖擻。

馮瑞軒眼眶微微發紅，「他看起來過得……很好。」

「一點也不好！」馬尾女孩馬上出言駁斥，「妳知道他這一年來是怎麼過的嗎？」

「他的腳在地震時受了傷……應該沒有大礙了吧？」馮瑞軒茫然道。

馬尾女孩眼底閃過一絲訝異，「怎麼會沒有大礙？他兩條腿都截肢了，是裝上義肢才能走路，他復健得很辛苦好嗎！」

馮瑞軒猶如五雷轟頂，雙唇止不住顫抖，艱澀地開口：「這麼說……他……再也不能游泳了？」

「當然啦，能夠保住性命就很不容易了，他自暴自棄過很長一段時間，還好慢慢走出來了。坦白說，我本來很氣妳，以爲妳是因爲他變成這樣，才對他不聞不問。後來聽說妳沒再出賽，我就想，妳應該也爲了那件事過得很痛苦，但我沒想到，妳居然到現在都不曉得程玥亮的情況……」似是對於馮瑞軒此刻的表情，感到於心不忍，馬尾女孩沒再說下去，只伸手拍拍她的肩膀，「我不會告訴程玥亮我在這裡見到妳，瑞軒妳要加油，快點振作起來。等妳下次回來，一定要來找我們。」

說完，馬尾女孩走出超商，與程玥亮一行人會合。

馮瑞軒目不轉睛地看著他們漸行漸遠，消失在對街轉角，她膝蓋一軟，抱頭蹲了下來。

超商的地面開始劇烈搖晃。

突如其來的天搖地動，讓陳列架上的紅酒瓶全都掉了下來，應聲破裂，玻璃碎片和酒液四濺，冰箱門也被震出密密麻麻的裂痕。

超商裡的燈忽明忽滅，顧客紛紛朝門口拔腿竄逃，尖叫聲此起彼落。

夏沛然衝到馮瑞軒身邊蹲下，在她耳邊大吼：「馮瑞軒！妳冷靜點，快點控制自己！」

「控制不了，我控制不了，好可怕，我控制不——」排山倒海的恐懼讓馮瑞軒語無倫次，歇斯底里地哭了出來。

夏沛然用戴著手套的左手緊緊掩住她的雙眼，語氣有著不容置疑的堅定，「妳可以的，現在聽我的話，慢慢深呼吸，就像史密斯教妳的那樣。別怕，我會陪著妳的。」

馮瑞軒在黑暗中死命抓著夏沛然的手臂，聽從他的指示，咬緊牙根，努力調整呼吸。

漸漸地，她停止了啜泣，急促的呼吸也和緩下來。

流竄在體內的巨大熱力褪去後，她重重打了個寒顫，渾身乏力，癱倒在夏沛然的臂彎裡。

駭人的地震停止了，為時不到一分鐘。

韓宗珉跌跌撞撞地從廁所裡跑出來，大叫道：「你們沒事吧？」

「沒事，你出來得這麼匆忙，有沒有把屁股擦乾淨啊？別把屎味帶上車。」夏沛然嘴裡調侃韓宗珉，同時飛快脫下外套，為馮瑞軒披在身上。

「都什麼時候了，你還有心情開玩笑？」韓宗珉氣炸。

譚曜磊臉色鐵青衝進店裡，目光不由自主落在臉色刷白、雙目無神的馮瑞軒身上，

「你們三個有沒有怎樣？」

「我們沒事，不過瑞瑞學妹被地震嚇壞了。」夏沛然說。

「沒事就好，沛然，先帶瑞軒回車上，我馬上過去。」待三人離開，譚曜磊找到店長，並出示警員證，留下自己的電子郵箱，「請把地震發生時的監視器影像調給我，麻煩了。」

開車從前方街口繞回來時，譚曜磊親眼目睹整間超商像是在原地崩解的恐怖景象。店內不斷傳出的人群尖叫和玻璃碎裂的駭然聲響，令他全身血液幾乎凍結。顧不得違規，他把車扔在馬路邊上，連車門都沒來得及上鎖，便衝進了超商。

而當譚曜磊與店長結束交談，步出超商後，更發現了一樁異狀——這條街上整排緊鄰的店面，只有這間超商呈現震後的滿目瘡痍。

譚曜磊沒有立刻回到車上，站在路邊拿出手機聯繫吳德因，向她通報這起事故。

「你在現場有見到什麼可疑的人嗎？」吳德因劈頭問道。

譚曜磊想了一下，眉頭輕輕擰起，「您是指蕭宇棠？我沒見到她。」

吳德因接著才問起馮瑞軒的安危，譚曜磊表示三個孩子都平安無事，待會就會驅車趕回德役。

「地震很嚴重嗎？」吳德因問。

「嗯，超商整片玻璃都碎了，貨架也東倒西歪，不過有一點很奇怪，」他刻意用疑惑的語氣提起，「鄰近的店家似乎都未受影響，只有超商毀損得特別嚴重，好像這起地震只發生在超商似的。」

吳德因停頓了兩秒才接話，「那確實挺奇怪的。無論如何，孩子們沒事就好。麻煩譚警官快到學校的時候，跟我說一聲，我去校門口接他們。」

掛上電話後，譚曜磊打開車門，坐上駕駛座。

夏沛然提議和馮瑞軒換位子，讓她坐在寬敞的後座休息，她始終蜷縮著身軀，雙手緊抓著夏沛然的外套，把臉埋進外套裡，一聲不吭。

回程的路上，或許是驚險過後的放鬆，韓宗珉和馮瑞軒不知不覺睡著了，只剩夏沛然還醒著滑手機。

「譚叔叔，剛剛那起地震的新聞出來了，只有一名店員受到輕傷，其他人都沒事。」

「嗯，新聞還說什麼？」

「我看看……哦，氣象局指出，台中地區當時並未出現地震活動，推測可能是那棟房子的結構本身有問題。嘖，有夠詭異的。」

譚曜磊額頭微微滲出冷汗，打算換個話題，「對了，你還好嗎？一般人遇到這種事，應該都心有餘悸吧。」

「我沒事，比起我，瑞瑞學妹才令人擔心。」

「她確實受到了驚嚇。」譚曜磊淡淡地說，暗自後悔不已，果然不該讓馮瑞軒脫離他的視線。

「我不是指這個。」夏沛然回頭望了一眼，確定後座的兩人皆已陷入熟睡後，他悄聲說：「地震發生前，瑞瑞學妹在超商遇到她以前的朋友，我聽到她們聊起去年台中那場大地震。」

「然後呢？」譚曜磊警覺了起來。

「她朋友說，有個男生在那場地震中受了重傷，雙腿截肢。從瑞瑞學妹的反應看來，她跟那個男生應該關係匪淺，瑞瑞學妹受到了很大的打擊，她朋友離開後，瑞瑞學妹突然蹲在地上，緊接著整間超商就開始天搖地動了。」

「原來如此。」譚曜磊心中了然，手指握緊了方向盤，「沛然，能不能幫我一個忙？」

「什麼忙？」

「替我留意瑞軒在學校的表現，如果有什麼奇怪的地方，或是發生了什麼不尋常的事，請你立即通知我，可以嗎？」

「沒問題。」夏沛然一口答應，卻又問：「譚叔叔，您這麼做是出於關心嗎？」

「什麼？」譚曜磊一怔。

「我的意思是，您是擔心瑞瑞學妹的安危，才提出這個要求嗎？」

譚曜磊不曉得該怎麼回答這個問題，也不曉得夏沛然爲何要這麼問？

當他衝入超商之際，確實心心念念著他們三個人的安危，但他隨即意識到自己身爲警察的職責所在，特別留意起馮瑞軒的瞳色是否出現變化。他無法否認，倘若地震發生時，他人就在現場，且確定地震是因馮瑞軒而起，爲了不造成更多的人員傷亡，他有相當大的機率，會動手殺了這個孩子。

他對馮瑞軒的憐惜是眞的，對她的畏懼卻也是眞的，尤其親眼目睹了這場事故，他的畏懼甚至比憐惜還多。

正因爲知道，一旦遇到最壞的情況，自己會做出什麼樣的選擇，所以他無法回答夏沛然，自己是因爲擔心馮瑞軒的安危才這麼做。

他無法說謊，也無法說出實話。

或許他根本就不該參與其中，從答應蕭宇棠的那一刻起，他就錯了。

「我不知道。」譚曜磊目視前方，嗓音沙啞，「坦白說，我現在的心情很複雜。先前你說過，是因爲我，你才願意告訴我你左手的祕密，雖然我不懂這是什麼意思，但現在我也是因爲沛然你，才想託付你這件事。剛剛你能夠不顧危險，勇敢守護在瑞軒身邊，你一定也很關心她。」

雖然是很差勁的回應，卻已經是他現前唯一能說出口的眞心話了。

「譚叔叔，我們互加LINE吧。」

「咦？」

「不是要我通知你瑞軒在學校的表現？」夏沛然頑皮一笑。

譚曜磊呆了呆，沒有料到夏沛然竟毫無異議地接受了這個解釋。

他微微苦笑，心想自己果然猜不透這個古靈精怪的孩子的心思。

抵達德役時，吳德因和一名穿著醫師白袍的中年女子在校門口等候。

兩人很快先帶著面如死灰的馮瑞軒離去，兩個男孩也在和他道別後返回宿舍。

譚曜磊才剛回到自己家裡，便接到吳德因的來電。

「譚警官，剛才很抱歉，沒來得及跟你道謝。」

「別這麼說，讓瑞軒受到這麼大的驚嚇，是我的疏失，我會再去了解一下事情發生的經過。」

「用不著這麼做，這只是單純的意外。孩子沒事比什麼都重要。你好好休息吧，今天辛苦了。」吳德因頓了下，又說：「另外，既然瑞軒的奶奶已無大礙，爲了瑞軒的安全起見，或許接下來她就不必再每週回台中一趟。這絕非對譚警官有任何不滿，希望你不要誤會。」

「不會，我知道您有您的考量。」

這一通電話，讓那些影影綽綽的疑點，一個個浮上水面。

他早已告知吳德因這起地震的詭異之處，吳德因也能輕易通過新聞得知，這起地震並非天災，爲何吳德因卻像是無視這些，執意輕輕揭過？

吳德因不是認定身負異能的蕭宇棠，打算藉由傷害馮瑞軒來報復她嗎？難道她不會擔憂，這起地震是蕭宇棠一手引發？

思及此，他也立刻想到另一處不尋常，一得知發生事故，吳德因首先關心的，竟不是馮瑞軒是否安然無恙，而是蕭宇棠是否現身附近，這點令他莫名地在意。

有沒有可能，吳德因早就知道馮瑞軒和蕭宇棠一樣，擁有可怕的力量，而馮瑞軒已向她坦露這起地震是由自己引發，所以吳德因不想讓警方往下追查？

如果是這樣，為什麼同樣是異能者，吳德因向警方舉報了蕭宇棠，卻選擇隱匿馮瑞軒？

吳德因這麼做，為的是想保護馮瑞軒嗎？譚曜磊並不這麼認為。

他打開電子郵箱，超商店長尚未將監視器影片寄過來，於是他撥了電話過去。

超商店長在電話中態度丕變，堅持不肯提供當時的影像，一下子說監視器故障，一下子又說譚曜磊必須出具公文才有權調閱，說詞顛三倒四。

「難道事發至今，沒有警察過來找你們調閱監視器畫面？」

「沒有沒有，就是房子建構不良，有什麼好調的？」店長滿口不耐，也不等譚曜磊接話就掛斷電話。

事已至此，若還不心生懷疑，那就太蠢了。

即使手上沒有證據，譚曜磊也能肯定必然是吳德因從中作梗，才使得店家一改先前的配合。

政商關係良好的吳德因，完全有能力做得到。

「不過，吳校長對於何謂紅病毒和赤瞳者一無所知。」

藏在譚曜磊心中最大的懷疑，此刻獲得證實。

吳德因什麼都知道。

✦

翌日，新聞不再出現超商地震的後續報導，像是這起事故從未發生。

譚曜磊一點都不覺得意外。

昨夜葉霖打電話通知他，已經跟楊欣約好碰面的時間。

「姊夫，最近有發生什麼事嗎？你為什麼要找楊欣？」葉霖問。

「沒有，哪有什麼事？」他下意識否認。

「但我就是感覺，你不太一樣了……好像有點回到從前的樣子。」葉霖語帶笑意，

「我很懷念這樣的你。」

結束與葉霖的通話後，譚曜磊來到T大附近的一間咖啡館，選坐在角落處。

過了五分鐘，一名頭髮長度及肩的清麗女子來到他桌邊站定，「譚先生嗎？我是楊欣。」

「我是，謝謝妳願意見我。」譚曜磊連忙請她坐下。

「不客氣，您說您有宇棠的消息，我才答應過來。這幾年不斷有警察找我探問宇棠的事，讓我非常困擾。」楊欣直白地說，「像是宇棠過去在德役有沒有做出什麼危險的舉動，以及她和康校醫是否有不正當的男女關係，簡直莫名其妙。」

「所以妳不認同那些質疑？」

「當然。」雖然還只是學生，楊欣身上卻已有法律人的銳利，她果斷切入正題，「您有宇棠的什麼消息？該不會只是找藉口騙我過來吧？」

「我最近見過她一次。」儘管只與楊欣會面不到幾分鐘，譚曜磊的直覺就告訴他，可以信任楊欣。

「那是什麼時候的事？」

「就在上個月，她有事請我幫忙。」

「……眞的嗎？」楊欣臉上的漠然出現了裂痕，「所以宇棠平安無事，她還活著？」

「是的。」

「太好了、太好了……」楊欣頓時眼圈一紅，喜極而泣，與方才的高冷判若兩人。

譚曜磊遞了一張面紙給她，不由得想，若蕭宇棠得知楊欣這般掛念著她，會是如何反應。

「妳以爲她死了？」他問。

「我當然不願意這麼想，但宇棠就此失蹤，再也聯絡不上，警方也只說她犯下重罪，卻不肯透露細節。」楊欣嗓音帶著鼻音。

「她是在躲避追緝沒錯，但人還好好的。」

「宇棠……到底發生了什麼事？她眞的犯下了重罪？」

「這我無法回答妳，對不起。」譚曜磊謹愼地回話。

楊欣很快收拾好情緒，看他的眼神也多了幾分疑惑，「那宇棠爲何會找你幫忙？你不也是警察？難道沒想過要抓她？」

「我只能告訴妳，我和她有祕密協議，目前算是合作關係。」譚曜磊試著化解楊欣的戒心，「我也很想查清楚她身上發生過什麼事，而這需要妳的協助。」

楊欣沉吟半晌，態度明顯軟化，「你想從我這邊知道什麼？」

「聽說過去德役的吳校長很疼愛蕭宇棠，就妳看來，吳校長對待蕭宇棠的態度是否有哪裡不太自然？比方說，她對蕭宇棠的疼愛是否像是出於被迫？」

「沒這回事。」楊欣斬釘截鐵答道，「校長看著宇棠時，那種發自內心關愛的柔軟眼神，是演不出來的。」

「當時吳校長特別關愛的對象，只有蕭宇棠一個人嗎？」

「嗯，雖然校長對所有學生都很親切，但她對宇棠確實是不一樣的。」

「妳知道蕭宇棠特別受寵的原因是什麼嗎？」

「我不曉得，有人猜宇棠可能是校長的親戚，但沒有人向宇棠求證過。」

「照妳這麼說，其他學生也都看得出吳校長對待蕭宇棠格外不同，對此蕭宇棠她自己是怎麼看的？」

「宇棠性格低調，她不像大多數的德役學生，會直接表現出對校長的仰慕，也不曾主動提及她和校長之間的事，但她確實也很尊敬校長。」

「那康旭容呢？在妳眼裡，這位校醫是什麼樣的人？」

「有點嚴肅，感覺很冷靜沉穩，我和他接觸不多。」楊欣停頓了下，又補上一句，「不過，我對他印象很好。」

「為什麼？」

楊欣輕聲說：「我覺得宇棠是因為他，才不至於受校長過多影響。」

「妳說的影響，莫非是指吳校長會灌輸一些奇怪的思想給學生？」

楊欣眼底閃過訝然，忍不住暢所欲言了起來：「是的，我考進德役後，發現那裡的學生十分優秀，可是對某些事情的想法，卻十分扭曲偏激。我注意到，校長偶爾會對景仰她的學生們說些讓人無法理解的話，直到現在我仍不明白她是何用意，她令我毛骨悚然。」

「這就是妳決定轉學的原因？」

「對，我努力試著融入過，卻還是接受不了，再加上不想眼睜睜看著周遭的同學，因爲校長而一個個變得那樣奇怪，當時的我已經到了極限，再不離開，我一定會崩潰，儘管我心裡很捨不得宇棠這個朋友。」楊欣深吸一口氣，「宇棠是我在德役最喜歡的朋友，她很溫柔，也很善良，我絕不相信她會故意傷害別人，哪怕她身上發生過那樣的怪事……」

「什麼怪事？」譚曜磊問。

楊欣察覺自己失言，想要遮掩過去，「沒什麼，這是我和宇棠之間的私事，不方便透露。」

譚曜磊深深看了她一眼，「好，那麼關於武術社老師史密斯，妳對他怎麼看？可以敘述一下他和蕭宇棠的關係嗎？」

「美國大兵？」

「這是史密斯的綽號？」

「是啊，他過去曾加入美國海軍陸戰隊。」楊欣嘴角輕勾，語氣透露一絲懷念，「他在教學上非常認眞，是個好老師，不過他和宇棠的關係相當差，老是處處刁難宇棠，彷彿跟她有什麼深仇大恨。有人說，他是因爲跟康醫生有嫌隙，才拿宇棠出氣，但他實在不像是那麼幼稚的人。」

譚曜磊點頭，「最後一個問題，蕭宇棠有沒有跟妳提起過她的家人？」

楊欣思索片刻，「沒有。我在德役時，身邊的朋友時常會抱怨父母，但宇棠從來不曾，也幾乎沒提過家裡的事。」

訪談結束後，譚曜磊再次向楊欣表達感謝。

「您還會再見到宇棠嗎？」

「會，只是不知道是何時，我也在等她聯絡我。」

聞言，楊欣要譚曜磊等她五分鐘，接著起身去到櫃臺，回來的時候，遞給他一個小小的褐色信封，封口用透明膠帶黏起。

「請幫我把這個交給宇棠。」楊欣眸中淚光閃爍，「並替我帶話給她，我很想念她，請她一定要平安，我等她回來找我。」

楊欣說完便離開咖啡館。

盯著信封看了足足兩分鐘，譚曜磊把信封妥善收進外套的貼身口袋，跟著走出咖啡館。

才剛踏出咖啡館，就來了一通未顯示來電號碼的電話，他微微一愣，謹慎地接起。

聽見手機裡的聲音，他的心跳頓時加快。

果真是她。

# 第六章

她想不起自己這是第幾次做同樣的夢。

熱鬧的游泳場館，在泳池中奮力游向終點的選手，在觀眾席爲選手高聲打氣的師生，那些聲音像是來自飄渺的遠方，是那麼樣的不眞實。

夢裡的她，應該也正在做夢吧。

因爲那個男孩這麼對她說了。

「馮瑞軒，我有話要跟妳說，比賽結束後等我一下，可以嗎？」

他的笑容像靜靜高掛在夜幕中的明月，光芒內斂溫柔，又美麗奪目，如同他的名字。

僅僅是這樣一句話，就等於什麼都說了，所以她清楚聽見來自自己左胸口的心跳聲，知道自己臉上的顏色就和男孩的一樣紅，而身邊那些人們所發出的鼓譟和尖叫，都像是來自天使的祝福。

若問她人生至今爲止最幸福的時刻是什麼時候，她會回答此時此刻，不會有別的答案。

但她不知道，所謂的最幸福，原來也能和最痛苦共存。

風雲變色只在短短一瞬間，那麼美好的世界崩裂了。

人群倉皇奔逃，嘶喊哭叫，她焦急地站到他們身前想叫住他們，眾人卻對她的呼喚充耳不聞，一個個穿透過她的身體跑開。

而她一直聽見某個令她頭痛欲裂的聲音，在她的腦中。

那是嬰兒啼哭的聲音。

她同時在腦中看見一個漂亮的小男孩，他有一對像是會說話的大眼睛。

明明從未見過這個男孩，她卻覺得自己早已認識他，她無法辨別胸口這種濃烈得令她想要痛哭一場的心情是什麼。

有種東西就快從體內衝破她的胸口，她痛得張嘴欲喊，卻什麼聲音都沒能發出來。

然後世界再一次天翻地覆。

眨眼之間，那些原本還四處奔逃的人，全都倒在地上，沒了聲息。

斷裂的水泥樑柱壓在他們身上，破碎的身軀不斷湧出鮮血。血慢慢匯流成河，流到她的腳邊，向上攀升，逐一染紅她的雙腳，她的雙手，最後灌入她的口鼻。她無法呼吸，就在無邊無際的血海中窒息。

這一年來，她每一次都是在窒息中從噩夢驚醒。

唯獨這次不一樣。

在夢境結束之前，有個人出聲了。

「別怕，我在這裡。」

睜開眼睛之後，馮瑞軒盯著天花板出神，源源不絕的眼淚浸濕了枕頭。

她躺在床上，動也不動，回想整件事的發生經過。

當時她聽進了譚曜磊的建議，決定拜託夏沛然週末一起去一趟她家，夏沛然要她也找韓宗珉同行，並且還要讓韓宗珉以爲，她是先找上了他，再暗示他邀夏沛然一塊同行。

儘管不明所以，她還是依照夏沛然的指示去做，一切都進行得很順利，她在台中家裡度過難得輕鬆愜意的時光，直到她偶然間在超商見到了那個人……

原來，那個人在那場地震中失去了雙腿，一併也失去了未來的夢想。

她在強烈的自責下心碎崩潰，然後……然後，她就沒有印象了。

只記得有人在她快被黑暗吞噬之際，拉了她一把，在她的耳邊說話。

他當時說了什麼？

他說……

馮瑞軒雙眸慢慢瞠大。

她下床來到書桌前拿起手機，發現時間已是隔天早上十一點。

從台中回來後，她連晚飯也沒吃，躺上床昏睡到現在。

未接來電有三、四通，未讀訊息更有十多則之多，全都來自韓宗珉，他從未如此急著聯繫她，於是她撥通了韓宗珉的電話。

「學妹，妳還好嗎？」韓宗珉一接起電話便問她。

「嗯，學長你找我有急事嗎？」

「對啊，這件事我覺得應該跟妳說一聲，我正準備出發去醫院。」韓宗珉語速飛快，「夏沛然住院了。」

✦

「正想著能清閒幾天，你就來了，眞是不會看情況。」

前一秒還懶洋洋躺在病床上看電視的夏沛然，對著走進病房的韓宗珉沒好氣地說。

「這樣啊？那眞抱歉，我和學妹現在就回學校，不打擾你了。」韓宗珉拉著馮瑞軒就要走。

「哈哈，我開玩笑的啦。喂，你們眞的走了喔？回來啊——」

夏沛然住在單人病房，頭上纏著繃帶，精神卻非常好，一點也不像個病人。

韓宗珉和夏沛然並不住在同一棟宿舍，今天早上，夏沛然的室友告訴他，夏沛然昨晚被緊急送往醫院，嚇得韓宗珉立即打電話給夏沛然，問出他所在的醫院和病房號。

「太誇張了吧？洗澡滑倒也能摔成腦震盪，還完全不講的。」

「這種丟臉的事是要怎麼講？你幹麼告訴瑞瑞學妹啦？我多沒面子！」

「你也會怕丟臉喔？」韓宗珉調侃他，拿出剛才在超商買的零食給他。

電視正在播報一起車禍新聞，看到員警在鏡頭前受訪，韓宗珉故意又說：「譚叔叔知道你住院嗎？要不要讓學妹跟他說一聲，他應該會來探望你。」

「你皮在癢。」夏沛然斜睨他一眼。

「開玩笑的啦，我哪那麼無聊。」韓宗珉哈哈幾聲笑完，忽然嘖嘖稱奇道：「不過話說回來，你居然只憑幾次在新聞上見過譚叔叔，就認出他來，實在太強了，我本來還以為你在唬爛。」

「是在唬爛啊，我的記憶力怎麼可能好到那種程度？」

「啊？那是怎樣？」韓宗珉傻住了。

「我會知道譚叔叔，其實是因為一起殺人案。去年有一名婦人帶女兒去購物，途中遭持刀埋伏的男人當街刺死，那男人是有前科的毒品通緝犯，而遇害的婦人，就是譚叔叔的妻子。」夏沛然嘴裡說話，還不忘吃幾口零食，「據說，譚叔叔先前破獲一間地下製毒工廠，毀掉那個毒販大賺一筆的機會，毒販的弟弟由於抗捕，當場被警察持槍擊斃。毒販僥倖逃脫後，便對譚叔叔展開報復。」

猝不及防聽聞這樁慘事，韓宗珉和馮瑞軒面露錯愕。

「怎麼會這樣？你這傢伙幹麼不早點說？」韓宗珉嘟囔。

「你要我昨天當著譚叔叔的面說嗎？我本來沒打算提，是你聊到這件事，我才順口說的。」

韓宗珉忍不住追問：「譚叔叔是因爲他死去的妻子，才會離開原職務嗎？」

「不，應該是因爲他女兒。」夏沛然又拋出另一枚震撼彈，「譚叔叔的獨生女兒，目睹母親在自後眼前慘死，兩個月後就在學校跳樓了。如果沒記錯，他女兒好像跟瑞瑞學妹一樣大吧。」

無視於兩人的震驚，夏沛然慢條斯理從袋子裡取出另一包零食。

「你到底是怎麼知道這些的？」韓宗珉眨眨眼睛。

「我爸和幾個警界高官很熟，我在家裡聽他們聊起過這件事。譚叔叔的遭遇實在太慘，想不留下印象都不行。」夏沛然聳肩。

「天啊，我眞佩服你，明明知道內情，居然還能若無其事與譚叔叔相處，如果是我，表情絕對會很不自然。」韓宗珉一臉佩服。

「你說這話是眞心的？」

「當然啊。」見夏沛然嘴角高高揚起，韓宗珉納悶問道：「你幹麼笑成這樣？」

「我高興啊，這是我聽過最好的讚美了。」夏沛然懶洋洋地擺擺手，「好啦，等等我媽就來了，謝謝你們來看我，明天學校見吧，肋骨骨折不是什麼大事，一兩個月後就會自行逐漸癒合。」

「以後有什麼事要說啦！」韓宗珉無奈地瞪夏沛然一眼，「學妹，走吧。」

全程一語不發的馮瑞軒，依然什麼也沒說，默默跟在韓宗珉身後離開病房。

步出醫院前，她放在口袋的手機輕輕一震，取出一看，卻是收到了一則訊息。

「學長，你先回學校吧。」馮瑞軒叫住韓宗珉，不動聲色道：「我有個親戚在這間醫院的餐廳工作，既然來了，我想順便去找他。」

「可是校長派來的車子已經到了耶，還是我請司機等一下？」

「不用了，我會請校長再派人來接我。」

韓宗珉猶豫片刻才答：「好吧，那我先回去，妳回到宿舍再跟我說一聲。」

「好。」

站在醫院門口目送韓宗珉坐上車，馮瑞軒隨即原路折返，回到夏沛然的病房。

聽到她開門的聲響，夏沛然從手機裡抬頭，「那小子回去了？」

「嗯。」她點點頭。夏沛然傳訊息要她想辦法獨自返回病房，她只得臨時編了個謊話騙過韓宗珉。

「剛剛是校長派人送你們來醫院的吧？昨天才發生那種事，她應該不會輕易放妳出來，妳是怎麼說服她的？」夏沛然放下手機，換了個舒服的坐姿。

馮瑞軒一瞬也不瞬地看著他，「既然校長以為我和你在交往，那我想來醫院探望你，本來就在情理之內，無須多做解釋。就算她發現我騙了韓宗珉學長，獨自回到病房見你，也會認為我是想跟你單獨相處，不是嗎？」

「也對，看來反而是我想多了。」夏沛然了然一笑。

「你什麼都知道，對吧？包括昨天那場地震的起因。」馮瑞軒臉上笑意全無，心上籠罩著巨大的恐懼，「你那時候對我說的話是什麼意思？你知道史密斯老師教了我什麼對吧？你不要敷衍我，告訴我實話！」

「我沒有敷衍妳啊。」夏沛然神態自若，對站在病床邊的她伸出左手，「我不是早就說過，我知道妳有超能力嗎？」

盯著他戴著黑色皮手套的掌心，馮瑞軒竟像是受到了蠱惑，鬼使神差地將自己的手放了上去。

夏沛然握住她的手，力道不輕不重，她微微顫慄，她能從這一握感受到他想傳達的信任、鼓勵，和包容。

「我會告訴妳的，所以瑞瑞學妹也把已經可以告訴我的事，都說給我聽吧。」

夏沛然那雙彷彿已然洞悉一切的眼睛，突破了她的最後一道心防。

「我、我不知道要說什麼……」她不住發顫，像隻徬徨無措的小鹿。

「沒關係，我問妳答吧。」夏沛然耐心地引導著她，「我一直很好奇，爲何妳來到德役後，明明與眾人保持距離，唯獨允許韓宗珉靠近，原因與那個叫『月亮』的男生有關吧？我昨天也看到他了，意外發現他的外貌與韓宗珉有幾分神似。他就是妳喜歡的人吧？妳之所以不願去見他，是爲了去年那場大地震？那場大地震跟妳有關？」

「那場大地震……不是我引發的。」馮瑞軒眼眶發熱，用力吞下一口唾沫，費盡全身的力氣才有辦法讓自己往下說：「但是，那個人的腿傷，以及那麼多人的死亡，確實是我造成的。」

「什麼意思？我不明白。」

「那天發生了不只一次地震。」馮瑞軒娓娓道來，「第一次地震時，我和大家都急著逃出游泳館，但地震一下子就停了，我們停在通道上面面相覷，想著應該沒事了吧，哪知就在那個時候，我忽然感到全身劇烈疼痛，像是被架到火上焚燒，然後……四周又開始搖晃，整座游泳館像是被一股外力強加扭曲，水泥天花板整塊崩落，我眼睜睜看著朋友、老師，還有程玥亮，全都被壓在瓦礫堆下……」

回想起那幕令她撕心裂肺的駭人畫面，馮瑞軒再也克制不了悲痛的情緒，臉上爬滿了淚。

「妳爲何能肯定第二次地震是因妳而起？」夏沛然的話音依舊平靜。

「我查過新聞資料，當天的第一次地震並沒有任何餘震。很多人都以爲，發生在游泳館的第二次『地震』，並不是地震，是場館因第一次地震而造成結構損壞，將要倒塌，才會那樣晃動，只有我知道不是那樣。從那天起，我身上開始出現一些很奇怪、很可怕的能力……像是能讓物體晃動，我不由得懷疑，第二次地震其實是我造成的……我好害怕，感覺自己好像變成了什麼怪物。」

「這件事妳有跟誰說過嗎？」

「事發之後，我把自己關在房間裡，不敢再跟任何人接觸。有一天，德因奶奶到家裡來看我，她柔聲問我，身上是不是出現了什麼奇怪的變化？一方面是我向來很信任她，一方面是我獨自揣著這個祕密，實在快受不了了，便什麼都跟她說了。沒想到她完全沒有用異樣的眼光看我，還說會協助我查明原因。」

「那校長有查出什麼嗎？」

「沒有，但是……但是……」馮瑞軒明顯陷入了掙扎。

看出她的糾結，夏沛然體貼地安慰她：「不要緊，妳願意對我坦白這些，已經很不容易。我不認為這是妳的錯，還有，妳跟那個男生是互相喜歡，對吧？」

馮瑞軒垂下眼睛，雙頰微微一紅，「他和我不同校，我們是在國中校際盃比賽上認識的。我們有很多共同的興趣，也很談得來。那天，他到我們學校比賽，而我由於騎腳踏車摔傷，導致輕微骨折，沒有參賽。他當著大家的面，說比賽結束以後，有話要告訴我，要我等他，我一聽就知道他這是準備跟我告白。」

「所以說，如果沒有發生那件憾事，妳和他現在會是一對幸福的情侶。」

夏沛然這句話，讓馮瑞軒的眼中再度蓄滿淚水，她哽咽地說：「都是我害的，是我害他這輩子再也不能游泳，更害得我的朋友們再也無法繼續人生，直到現在，我還是會不斷夢見那一天，夢見我的雙手沾滿他們的血……」

深恐同樣的悲劇會再次發生，她來到德役之後，依然選擇把自己關起來，不讓任何人靠近，況且她來到這裡，不是爲了擺脫過往陰影的，是爲了其他更重要的事。

「妳剛才說，妳什麼都跟校長說了，校長也答應協助查明爲何妳身上會出現異能，那麼爲何妳先前又說，妳來到德役是想調查某些事，且不能讓校長知道，這是不是表示妳後來另有其他發現？而且與校長有關？」夏沛然邏輯能力很強，很快找出馮瑞軒話裡的前後矛盾之處。

馮瑞軒遲疑了一下，緩緩點頭，「德因奶奶有事瞞著我。」

「她瞞著妳什麼？」

「我不知道，但她跟發生在我身上的事，好像有關聯。我曾隱晦地探問過她，她的回答卻證明她在對我說謊，我非常不安，不知道該不該繼續相信她。」

「那蕭宇棠呢？妳會想打聽她，難道也是爲了這件事？」

馮瑞軒再次點頭，艱難地開口：「我懷疑，她會不會跟我、跟我——」

見馮瑞軒始終無法把整句話說完，夏沛然輕輕捏了捏她的手，像是要她不必勉強自己。

「可以了，接下來換我說了。妳曾經問我，蕭宇棠對我做了什麼？記得嗎？」

馮瑞軒當然記得，當時夏沛然給她的回覆，是他還不能說。

「這個問題，我現在可以先回答妳一半。」夏沛然的表情一點變化也沒有，「簡單來說，就是她身上的某樣東西，跑進了我的身體裡，我才會變成這樣，不管受到再嚴重的傷，我也未必能即刻察覺，所以才必須時常去保健室做檢查。」

聞言，馮瑞軒若有所思，視線落到了他的頭上，「難道……你頭部會受傷，並非在浴室裡滑倒所致？」

「我頭部的傷確實是在浴室滑倒所致，但我之所以會滑倒，是因爲突然失去了意識。送醫之後，醫生發現我右胸的肋骨有幾處骨折，造成呼吸困難，才會突然失去意識。」

「你在進浴室前就骨折了？然後你一點感覺都沒有？怎麼可能？難道你不會痛嗎？而且你爲什麼肋骨會骨折？」馮瑞軒難以置信。

「因爲妳。」夏沛然很乾脆地答道，「昨天妳身上的異能失控，我也跟著遭受波及。」

馮瑞軒臉上血色全無，下意識想要往後退，卻被夏沛然緊緊捉住她的手腕。

「學長，放手。」她低著頭，不敢看夏沛然。

「我要是放手，妳就會馬上逃開吧？」

「我都把你害成這樣了，我最好離你遠遠的！我才保護不了學長，我根本就做不到！」她猛地抬頭大吼，眼中閃爍著晶瑩的淚光。

「從現在起努力去做到，不就好了？」夏沛然竟是絲毫不以爲意，「妳以爲我爲什麼要對妳說實話？就是希望哪天妳又無法控制自己身上的力量時，可以想想我，想像我就在妳身邊。妳不需要害怕會傷到我，只要想著怎樣保護我就行了。」

馮瑞軒腦中一片混亂，「我……不明白。」

「這不難。比起害怕傷害別人，無時無刻活在壓抑與恐懼之中，不如找到妳想努力守護的對象，那樣妳會產生勇氣，一心想著該怎麼做才能不使對方受傷。這兩者的出發點完全不同，一旦妳想通之間的區別，這樣的事就不會再發生，我對妳有信心。」他伸手爲馮瑞軒拭去眼角的淚，明亮的黑眸浮現笑意，「瑞瑞學妹，請妳保護我，我想被妳守護。」

馮瑞軒霎時愣住了，連眼睛都忘了眨。

「另外，我確實知道史密斯要妳去武術社是何用意。」夏沛然定定地看著她，「請妳耐心等待，不久之後，所有妳想知道的事，都會一件件眞相大白。現在妳只需要知道，除了我，還有別人站在妳這邊，妳並不孤單。包括譚叔叔，妳也可以信任他。」

「你怎麼能確定他可以信任？」

「我非常信賴的某個人告訴我，譚叔叔可以信任。既然她這麼說，那麼我也會信任譚叔叔。」夏沛然神色認眞。

儘管夏沛然提出的理由只是基於他的個人判斷，但馮瑞軒卻莫名被說服了，她覺得自己在灰茫茫的世界裡終於看見一道曙光，也聽見內心深處長期冰封的一角，輕輕崩裂的聲響。

在得知她擁有那般可怖的能力後，他卻說這不是她的錯，還說他對她有信心。

不管她能否做到妥善控制身上的異能，她都想要相信夏沛然，為了保護他而努力，她不想他再陷入任何危險。

因爲有這個人，她的心不再只剩下恐懼與不安。

✦

將窗簾拉開一絲縫隙，譚曜磊從三樓往下俯瞰，確定沒有可疑人物，才離開窗邊，坐在那把品質粗劣的木椅上。

他心神不寧，卻分不清什麼才是令他坐立難安的主因。

浴室裡傳來淅瀝瀝的水聲，蕭宇棠正在裡頭洗澡。

一接起她打來的電話，她便要他立刻去到最近的旅館訂一個房間。

他依言訂好房間後，過了十五分鐘，有人敲門，蕭宇棠戴著墨鏡和口罩，低調現身。

「請讓我先洗個澡。」蕭宇棠說完，直接背著行李袋步入浴室。

清晰的淋浴聲突顯這個小房間的寂靜。

譚曜磊打開電視，用節目的聲音，沖淡不自在的氛圍。切換過幾個新聞頻道，他的注意力被其中一則新聞吸引。

今日凌晨三時，一輛停靠在鬧區路邊的轎車忽然起火，車上兩名乘客受到嚴重的燒傷，至今仍未脫離險境，起火原因不明。

又是一起起火原因不明的火災，且發生在同一區域，難道……

此時，蕭宇棠打開浴室門走出來，臉上沒了墨鏡和口罩，譚曜磊第一次看清楚她清秀美麗的五官。

他看過她的檔案照片，認出這就是她本來的模樣。

頂著濕漉漉的頭髮，蕭宇棠一語不發走到桌前，將旅館提供的礦泉水倒進熱水壺裡，開始煮水。

他以為她覺得房間太冷，才想弄杯熱水喝，於是他試圖調整空調的旋鈕，卻發現毫無用處，疑似故障了。

蕭宇棠冷不防開口：「這裡有咖啡、綠茶和烏龍茶，你要喝什麼？」

她低沉成熟的嗓音，令他略微吃驚，「這是妳本來的聲音？」

「你若不喜歡，我可以換過去。」

「不用了。」他望著她，「妳去把頭髮吹乾吧。」

「沒關係，很快就乾了。我只是想找個地方跟你談話，順便洗個澡，談完就走，不會耽誤你太多時間。」

「妳趕著去哪？」

「沒要去哪，除了見你，我今天沒別的事。」

譚曜磊的視線停在她滴水的髮梢，伸手取走她準備撕開的烏龍茶包，「去吹頭髮，房間我訂了三個小時，不夠就再延長，要是妳今天想睡在這裡也行，事情談完我就會離開。」

蕭宇棠不動聲色地迎上他的目光，與他對視片刻，才返回浴室，浴室裡很快傳來吹風機的聲音。

水煮開後，譚曜磊索性替她沖茶，待蕭宇棠再次步出浴室，一杯熱騰騰的烏龍茶已經擺在桌上。

「喝吧。」見她只是望著那杯茶，卻未有動作，他又補上一句：「放心，我沒下毒。」

他看見她輕輕動了下嘴角，卻不確定她是不是在笑。

她坐在床上喝茶，被她擱置在衣櫃前的行李袋，破舊的程度堪稱飽經風霜。

「妳有住的地方嗎？」他懷疑她居無定所。

「不一定。」她的回答應證了他的猜測。

「只有妳一個人？」

蕭宇棠沒有回答，視線飄到他的臉上。

他太心急了？譚曜磊暗自思忖，但好不容易等到她出現，他實在有太多事想向她確認。

如果只有她一個人，那麼康旭容去哪裡了？

「很高興你順利復職，譚警官。」蕭宇棠像是沒聽見剛剛那個問題，逕自換了個話題，「關於馮瑞軒的事，你有答案了吧？我看到新聞了，知道那是她做的，而你當時也在場。」

他心中驚疑不定，一時拿捏不準她話裡的含義，於是沒有作聲。

直到瞥見蕭宇棠從床上起身，他下意識衝上前，「妳做什麼？」

「回沖，我想再喝點熱茶。」她舉起空杯，眼中透出一絲興味，「莫非你是想阻止我去殺馮瑞軒？」

譚曜磊語塞，心中糾結。

「爲什麼？你都親眼確認過了，應該知道我們這種人有多危險。我下手除掉她，今後你只需要專心對付我就好，也算是省力許多，不是嗎？」

他皺眉，「妳讓我去到瑞軒身邊，有其他目的吧？妳究竟打的是什麼主意？妳對這一切了解多少？」

「起碼比你了解的多。」蕭宇棠淡淡地說，「放心，我還不會對馮瑞軒動手，我有其他事想麻煩你，你可以當作那是我暫且放她一馬的交換條件。」

他牢牢盯著她的眼睛，「妳是不是知道把紅病毒傳染給妳們的人是誰？」

「是。」

「吳校長與這件事有關？」

蕭宇棠這次沒有立刻回答，微微挑了挑眉，像是在等他說下去。

譚曜磊說出自己的看法：「我想過，妳要我接近瑞軒，眞正的目的是爲了讓我發現吳校長有問題，很可能她就是安排妳們進行器官移植手術的幕後推手，但她爲什麼要這麼做？以及她是怎麼找到那名第一型感染者的？難道她本來就認識對方？」

「你說對了。」蕭宇棠不疾不徐地投下震撼彈，「那名第一型感染者，是吳德因唯一的孫子。她的孫子因意外腦死，她將他身上的五樣器官，包括兩顆腎臟，分別移植到六個孩子身上，包含我在內，最大的十七歲，最小一歲。」

「六個……」

「嗯，不過年紀最大的那兩個人已經死了，一個死於由自己意外引發的火災，另一個自盡身亡，都是在國外出的事。」

譚曜磊知道後者就是伍詩芸，她八年前在美國殺害五名同學後舉槍自戕。

「那麼除了妳和瑞軒，剩下那兩個人在哪？」

「我認爲他們人在國內的可能性很高，現在吳德因應該不會輕易讓他們離開她的眼皮子底下。但她將他們藏得非常隱密，年紀最小的那個我找了三年，至今仍線索全無。」

一陣強烈的暈眩感襲來，譚曜磊眨眨乾澀的眼睛。

警政署副署長曾言，目前已掌握身分的赤瞳者，全球剩不到五人，但警方掌握身分的赤瞳者，應該不包括馮瑞軒，以及方才蕭宇棠提到的那兩人。

若蕭宇棠所言屬實，她和馮瑞軒染上紅病毒是吳德因一手造成，吳德因此舉用意爲何？

儘管事態比想像得還嚴峻，譚曜磊仍很快振奮起來，巧妙地抓到蕭宇棠話裡的重點，「妳的意思是，妳有另一個人的消息了？」

「對，他是名男孩，相當危險，良知泯滅，已蓄意殺害多人。他平時行蹤不定，但我有辦法讓他主動現身。」

譚曜磊馬上聯想到那幾宗起火原因不明的縱火疑案，「他幾歲？叫什麼名字？妳打算怎麼讓他主動現身？」

「我自有安排，你很快就能知道他是誰。讓他現身的關鍵，就在馮瑞軒身上，因此請你守在她身邊，伺機而動。」

「這就是妳要麻煩我的事？」

「不，等時候到了，我會再告訴你那件事是什麼。」

譚曜磊想了想，忍不住問：「難道不能立刻逮捕吳校長，逼她說出那兩名赤瞳者的下落？」

「現在還不能抓她，而且她也不會說的。過去有人追查到那兩名赤瞳者的所在地點，不料消息走漏，吳德因猜到我們的意圖，馬上將那兩名赤瞳者藏至別處。」

「妳說的『我們』，是指妳和康旭容？」譚曜磊敏銳地問。

「嗯，他當時爲此費了好一番工夫。」

「所以你們現在還是一起行動？」

「不，只有我一個。」蕭宇棠語氣波瀾不興。

譚曜磊心中升起不祥的預感，「爲什麼？難不成……他死了？」

「他沒死。」蕭宇棠否認，卻也沒多做解釋。「只是目前必須由我來找出其他赤瞳者。從吳德因對馮瑞軒的特殊對待程度，要找出她並不難，但其他兩名赤瞳者的情況就不一樣了，吳德因並未讓那兩人出現在人前。」

譚曜磊過去只知吳德因有兩個已逝的兒子，卻從未聽說她還有個孫子。莫非她是無法接受孫子的死去，所以明知他身染紅病毒，還故意安排器捐，使其他無辜的孩子也遭受感染，再將他們一個個召攬到自己身邊，讓孫子以另一種形式回來……

他感到一陣惡寒，不管吳德因的動機是否眞如他所猜測，光是她安排當時還無法妥善控制自身異能的蕭宇棠和馮瑞軒，接連進入德役就讀，就證明她完全不把全校上千名師生的性命當一回事。

「吳校長的孫子是怎麼染上紅病毒的？」

「他一生下來就感染了。」蕭宇棠揭曉答案。

譚曜磊再次瞠目結舌，「妳是說，他是垂直感染？他的母親是紅病毒帶原者？」

「沒錯，吳德因的大兒子和大兒媳，是將紅病毒帶進國內的第零型感染者。兩人生下小孩沒幾年，便接連猝死。吳德因沒有讓孫子上學，一直將他藏在家裡。」

「怕被別人發現？」

「對，一出生就感染紅病毒的赤瞳者，身上的異能很容易外顯，因此吳德因才會把他藏起來，並對外封鎖消息。」

「那妳爲什麼會這麼清楚？難道妳看過她的記憶？」

「這些情報，是吳德因的二兒子在死前提供給康旭容的，他們是舊識，而且有人在德役暗中協助康旭容。」

「那個人是誰？」

「你很快會知道。」蕭宇棠走到桌前，再爲自己沖一杯熱茶。

譚曜磊看著她的背影，深思半晌，卻覺得矛盾，「妳是因爲康旭容，才決定繼續找出其他赤瞳者，並救出他們，完成康旭容未竟的志業？而若那些赤瞳者都很危險，妳就打算動手殺掉他們？」

「很奇怪嗎？」蕭宇棠喝了一口茶。

「是很奇怪，至少我不太理解，妳都自身難保了，爲何要扛下這份責任？是擔心有更多人因他們而受害？又或者，妳想藉由殺了他們，來報復吳校長？」

「就算殺了他們，吳德因也不會懺悔。報復一個不覺得自己有錯的人，對我而言沒有意義。」蕭宇棠沒有回頭，「我是爲了贖罪。」

「贖罪？」

「對，爲了因我而枉死，以及被我害得失去一切的人贖罪。當然，你說的也沒有錯，我不希望赤瞳者死後，遭受像吳德因這樣的有心人士利用，製造出更多的赤瞳者，赤瞳者的可怕之處，比你所知道的更多。」

譚曜磊驚疑不定，「還有什麼？」

「赤瞳者身上還有一樣東西，可以不著痕跡地將人徹底摧毀。」似是猜到他想問什麼，蕭宇棠又補上一句，「你很快就會知道那是什麼。」

譚曜磊不再作聲，直到他聽見一記細微的咕嚕聲響。

「妳有吃早餐嗎？」

「沒有。」蕭宇棠老實答道。

「那我去買點吃的，妳留在房間裡。」譚曜磊看了眼手錶，已時近中午，他起身往門口走去，卻又忽地折返，從外套口袋取出一枚信封。

「我剛剛和妳的高中同學楊欣見面，她請我將這個轉交妳。」他頓了下又說：「她請我轉告妳，她很想念妳，希望妳平安，還說會等妳回去找她。她在言談之間相當保護妳，哪怕得知妳遭到通緝，也仍然相信妳的爲人。妳有一個很好的朋友。」

蕭宇棠臉上的表情沒有任何變化，那雙美麗的眼睛像是一片荒蕪的冰原，他看不進她的內心，無法知曉這一路上，她究竟經歷過什麼，又獨自走了多久。

「譚警官呢？」

「什麼？」

「你相信我嗎？」她平靜地看著他。

他微微一怔，竟是無法回答。

「我很快回來。」拋下這句話，譚曜磊匆匆步出房間。

當他拎著便當回到旅館，卻瞥見房卡從房門底下的縫隙露出邊角，他馬上拾起房卡將門打開。

蕭宇棠和她的行李袋都不見了，飲盡的茶杯旁放著他交給她的那枚信封，以及她寫的字條。

請代我保管。

原本裝在信封裡的拍立得照片，被抽出來擱在信封上，顯然是要給他看的。

照片裡有四名少女，譚曜磊認出其中一人是楊欣，而站在中間端著蛋糕、笑容燦爛的女孩則有幾分眼熟，他過了一會兒才想起她是誰。

是宋曉芠。

遭蕭宇棠殺害，並被她奪走臉孔的女孩。

但楊欣會特地要他把這張照片轉交給蕭宇棠，應該就表示照片裡的這個女孩，其實是蕭宇棠。難道這就是那件楊欣不肯透露的「私事」？她知道蕭宇棠有能力「換臉」？如果是這樣，那她知道蕭宇棠手上染有鮮血嗎？

而蕭宇棠刻意讓他看見這張照片，爲的又是什麼？

「我絕不相信她會故意傷害別人，哪怕她身上發生過那樣的怪事……」

「我是爲了贖罪。」

他想起蕭宇棠方才的眼神。

「你相信我嗎？」

譚曜磊想不明白，蕭宇棠到底是什麼樣的人，也不明白自己該選擇相信什麼。

手機的來電鈴聲打斷他的思緒，是夏沛然用LINE打過來的，然而他一接起，聽見的卻是少年與別人交談的聲音。

「剛剛是校長派人送你們來醫院的吧？昨天才發生那種事，她應該不會輕易放妳出來，妳是怎麼說服她的？」

而回話的是馮瑞軒。

譚曜磊登時全神貫注地側耳聆聽，他聽見馮瑞軒哭著說出去年台中那場大地震的真相，以及她轉學到德役的真正原因，也聽見夏沛然說起他與蕭宇棠的牽扯……

「包括譚叔叔，妳也可以信任他。」

「你怎麼能確定他可以信任？」

「我非常信賴的某個人告訴我，譚叔叔可以信任。既然她這麼說，那麼我也會信任譚叔叔。」

對話到這裡，通話就被切斷了。

譚曜磊一時沒能去細想這通電話究竟是不是夏沛然誤撥的，他的心思全被其中一段話占據。

「簡單來說，就是她身上的某樣東西，跑進了我的身體裡，我才會變成這樣。」

他全身的血液彷彿凍結成冰。

無論怎麼推敲這句話，他都只能得到唯一一個結論——

莫非蕭宇棠也把自己的某樣器官移植到夏沛然身上？是腎臟嗎？

她想贖罪的對象，包括夏沛然嗎？

夏沛然，也是赤瞳者嗎？

# 第七章

午夜十二點，公園裡。

一隻骨瘦如柴的流浪狗，慢慢靠近那名坐在鞦韆上的男孩。

小狗對他猛搖尾巴，在他腳邊磨蹭，極盡所能地撒嬌。

男孩伸手抱起孱弱的小狗撫摸，發現小狗眼珠混濁，似乎看不太到了。

陪小狗玩了幾分鐘，男孩將牠安置在花圃後方，暫時離開公園。

待他折返時，有四名成年人圍在花圃前。

「你踢太用力了吧？狗都不會動了。」其中一名女子埋怨。

「誰叫牠在我鞋子上撒尿？這鞋我前天才買的，死了活該。幹！」綁著頭巾的男人猶不解氣。

「你跑到牠家尿尿，牠回你一泡，禮尚往來嘛。」另外兩人大笑，一行人吵吵鬧鬧地走出公園。

男孩手拿剛從便利商店買回來的罐頭，注視著躺臥在血泊中的小狗。

五分鐘後，頭巾男走在街邊，從口袋掏出香菸，還來不及點燃，他的頭就先被吞沒在熊熊烈焰之中。

他的三名友人群起尖叫，試圖用外套滅火，然而當火熄滅時，圍巾男已面目焦黑，沒了氣息。

尾隨在他們身後的男孩，聽著女人淒厲的哭喊震天響起，連眉毛都沒動一下，隨即轉身消失在濃濃的夜色裡。

✦

這天德役武術社有大事發生。

馮瑞軒一如往常在教室角落閉目靜坐，卻突然被澆了一頭冷水，嚇得她連忙睜開眼睛。

史密斯手上拿著半空的水壺，居高臨下地俯視著她，口氣森冷，「馮瑞軒，馬上收拾妳的東西離開。」

「為、為什麼？」馮瑞軒顫聲問。

史密斯面無表情，「妳還有臉問這個問題？妳已經沒有理由可以留在這裡，別讓我說第三次，立刻滾出去。」

馮瑞軒只得紅著眼眶，在眾目睽睽下步出武術社的練習教室。

消息傳開後，馮瑞軒不免被其他學生私下奚落嘲笑。

早自習一結束，她被叫去校長室。

「史密斯老師有說妳做錯了什麼嗎？」見馮瑞軒沮喪地搖頭，吳德因溫聲問：「那他是怎麼說的？」

「老師只說，我已經沒有理由可以留在武術社了。」馮瑞軒如實回答。

吳德因表情出現些微變化，「是嗎？那就沒辦法了，雖然遺憾，但也只能尊重他的決定，不過，瑞軒妳還未能完全學會控制……」

「不會再發生那種事了！」馮瑞軒匆匆打斷她的話，「前天是我不小心失控，我保證以後不會再那樣。」

「妳有能力做到嗎？」吳德因目光隱含擔憂。

「可以，當時我只是一時情緒激盪，反應過來後，我便很快控制住了，如果沒有史密斯老師的教導，超商損毀的程度一定會更嚴重。」

「妳能做到這一點，我比任何人都高興。」吳德因笑容慈藹。

「那德因奶奶，我可不可以繼續定期回家看我奶奶？我放心不下她。」馮瑞軒小心翼翼地說：「還有，譚叔叔在工作上很盡責，我和他相處也很愉快，能不能讓他繼續護送我回家？」

吳德因猶豫半晌，「妳奶奶的病情算是暫時穩定下來了，我希望妳在放寒假前還是先別回去了。倘若這段期間妳奶奶情況有變，再請譚警官送妳回去，如何？」

馮瑞軒只得應下，順從地點點頭，「好。」

「乖孩子。」吳德因莞爾，眼中多了幾分深意，「妳好像變得更懂事了，是不是因爲跟夏沛然交往，受到他的影響？」

馮瑞軒心中一驚，不確定吳德因是否話中有話，於是裝傻，「有嗎？我沒什麼感覺。」

「妳也發現沛然這孩子身體不好，沒辦法像正常人一樣生活了吧？但他始終保持正面積極，這方面很值得妳學習。」

察覺吳德因應該只是希望，同像無法過正常人生活的她，能效法夏沛然的樂觀態度，馮瑞軒這才暗自鬆了一口氣。

這天中午，馮瑞軒和夏沛然、韓宗珉在天台用餐。

得知馮瑞軒被逐出武術社，並感覺到她心情低落，韓宗珉刻意找了其他話題，想活絡氣氛，「你們有沒有看到昨天的新聞？超驚悚的！」

「有比你的午餐驚悚嗎？」夏沛然斜覷了眼他便當盒裡的香菜水餃，表情嫌棄。

「什麼啦，我是在說正經事！昨天半夜有個男人走在路上，頭上莫名其妙突然著火，整顆頭燒得跟黑炭沒兩樣！」

聞言，馮瑞軒臉上頓時血色全無。

夏沛然踢韓宗珉一腳，「白痴嗎？吃飯時間講這個，有夠倒胃口的，不要嚇瑞瑞學妹啦。」

「抱歉抱歉，那換個話題！」韓宗珉匆匆賠不是，「下週的耶誕晚會，聽說會有偶像團體來學校表演，你們要不要去看？」

「我不喜歡人擠人，乾脆我們自己辦個慶祝活動，像是交換禮物？」夏沛然提議，「也把譚叔叔算進去怎麼樣？」

韓宗珉頓了下，很快附議，「好啊，譚叔叔人這麼好，想到他經歷過那樣的慘事，就很替他難受。」

馮瑞軒也點頭同意。

「這樣吧，也不用跟譚叔叔說要交換禮物了，我們三個人分別爲譚叔叔準備一份禮物寄過去，給他一個驚喜。然後交換禮物我們自己玩就好，我負責準備韓宗珉的禮物，韓宗珉負責瑞瑞學妹的，瑞瑞學妹負責我的，就這麼決定了！」夏沛然洋洋灑灑地說了一大串。

「夏沛然，你繞了這麼一大圈，該不會就是想讓學妹送你禮物吧？」韓宗珉提出質疑。

「不行嗎？」夏沛然嘿嘿笑。

「你眞的臉皮很厚，憑什麼是你拿到學妹準備的禮物啊？」韓宗珉不服氣。

馮瑞軒的視線落到韓宗珉身上，「學長，也讓我送你吧。」

「什麼？」

「我是說……耶誕禮物。」馮瑞軒抿了抿唇，「雖然我沒有加入游泳隊的打算，但如果有能夠幫得上游泳隊的地方，我願意配合一次。」

韓宗珉又驚又喜，「眞的嗎？那如果我想邀請妳和我們隊上的人來一場友誼賽……妳可以嗎？」

「可以。」馮瑞軒爽快地答應。

韓宗珉爆出欣喜若狂的歡呼，「太棒了！我、我現在就去跟教練說這個好消息，學妹，太感謝妳了！」

顧不得午餐還沒吃完，韓宗珉三兩下便收拾好便當盒離開，天台上只剩下馮瑞軒和夏沛然兩個人。

「爲什麼做出這個決定？」夏沛然問。

馮瑞軒低頭注視著自己的手，「他幫了我很多，包括答應陪我回台中，我想好好答謝他。」

「這樣不痛苦嗎？」

「但這是我唯一能爲他做的事。昨天跟你談過之後，我有種預感，未來或許有比這更嚴峻的事在等著我。我不知道以後會怎樣，所以想趁現在，能彌補我虧欠的人多少就彌補多少。」馮瑞軒坦言不諱。

「那美國大兵呢？妳能接受他把妳趕出武術社嗎？」夏沛然深深看了她一眼。

「這是我自找的，是我沒能遵守對老師的承諾，還心存僥倖，希望他不會發現。」馮瑞軒眼眶一熱，「既然你知道他要我進入武術社的原因，那應該也知道，他為何趕我出社吧？」

「嗯。」夏沛然掏出面紙，溫柔為她擦去眼角的淚光，「別傷心了，他一定能理解，妳有為此深刻反省。他不只給予妳幫助，也救了妳，如果妳想像感謝韓宗珉那樣感謝他，就繼續實踐與他的約定吧，現在的妳已經做得到了，他也會看見的。」

馮瑞軒止住眼淚，點點頭。

得知夏沛然接下來要去保健室，馮瑞軒堅持陪他一同前往。

「你今天早上就出院，沒問題嗎？」

「沒問題啦，醫生說我的情況不需要開刀，只要注意點就行了。」說完，夏沛然突然意識到一件事，忍不住停下腳步盯著她看。

「怎麼了？」她也跟著停下腳步。

「妳今天好像變得特別親近我，不但堅持陪我去保健室，還總是站在我一步之內。怎麼回事？」夏沛然雙手抱胸，「難道是因為我昨天要妳守護我？妳怕我跌倒受傷什麼的，所以隨時準備拉我一把？」

馮瑞軒滿臉尷尬，趕緊退後幾步，「誰、誰叫你說，你受傷也未必能馬上發現，我才會……我不是有意要貼你這麼近的，以後我會保持適當的距離。」

「不用跟我保持適當的距離啊，我又不覺得困擾。」夏沛然揚起她從未見過的燦爛笑容，「我只覺得妳好可愛，恨不得立刻撲倒妳。」

「你在胡說什麼？」馮瑞軒傻眼，雙頰泛上一層薄薄的紅暈。

夏沛然飛快轉過身，將她逼入牆角，雙手抵在她身側的牆上，將她禁錮在他與牆壁之間，並俯身對她說：「妳做出這麼可愛的舉動、說出這麼可愛的話，我當然會想撲倒妳。」

「你在幹麼？別這樣！」她又羞又惱。

「妳答應我一件事，我就讓妳離開。」他笑嘻嘻地說，「妳那個只會在週三晚上碰面的祕密朋友，能不能讓我也見見他？」

馮瑞軒全身一僵，「你爲什麼想見他？」

「就想認識他啊，畢竟我們會展開合作，也算是與他有幾分關係。況且從妳的種種反應看來，我有個猜測，會不會他也跟妳一樣……」

馮瑞軒瞪大了眼睛，一時沒能答腔。

「不行嗎？」

「這不是我能決定的，必須得到德因奶奶的允許，但她一定不會答應。」她倉皇地回。

「那就偷偷安排我們碰面？」

馮瑞軒眼中掠過一絲惶恐，「他對不認識的人戒心很重，我擔心他可能會對你做出危險的舉動……」

「妳會保護我對吧？」夏沛然滿不在乎地接過話。

馮瑞軒被他的話噎住了，呆了半晌才帶著試探問：「假如……他做出了讓所有人都無法原諒的事，這樣你還是想見他嗎？」

「嗯，」夏沛然答得毫不猶豫，「我無法原諒的人，這世上只有一個，那個人絕對不會是他。」

馮瑞軒心中一凜，吶吶地問：「是蕭宇棠學姊嗎？」

夏沛然像是默認她的猜測，露出不言而喻的微笑。

馮瑞軒稍稍鬆了口氣，咬唇道：「我會試著問問他，不保證能成功。」

「沒關係，妳願意讓我見他，我就很高興了。」他溫柔地摸了摸她的劉海，「前面就是保健室了，我自己過去就行，妳先回去上課吧。晚上我再打電話給妳，討論要送什麼禮物給譚叔叔。」

馮瑞軒點點頭，站在原地看著夏沛然離去。

夏沛然打來的那通電話被切斷後，譚曜磊隔了一個小時才回撥，然而夏沛然的手機卻打不通了，直到隔日傍晚才再度接到他的來電。

「譚叔叔，我昨天身體出了點狀況，進了醫院，在醫院和瑞瑞學妹聊天時，不小心按到了撥號鍵，抱歉啊。」

明明與馮瑞軒談論的是那樣事關重大的內容，夏沛然卻只爲誤撥電話一事道歉，似是完全不擔心他是否聽見了什麼。

譚曜磊心想，夏沛然八成是故意讓他聽見的，於是他順著夏沛然的話回應：「沒關係，你現在身體怎麼樣？」

「沒事，我回學校上課了，生龍活虎得很。今天打電話過來，是有件事要跟譚叔叔報告，瑞瑞學妹被史密斯老師踢出武術社了。」

「爲什麼？」譚曜磊很意外。

「好像是瑞瑞學妹犯了他的大忌，幸好她雖然難過，卻還算平靜地接受了，不需要太擔心。」夏沛然接著又問：「對了，譚叔叔，能不能告訴我你家地址？」

「我家地址？」儘管心裡納悶，譚曜磊倒也沒有追問原因，或許是出於警察的直覺，他不覺得夏沛然對自己懷有惡意。「好，我待會傳給你。」
「謝謝，那沒事了，譚叔叔晚安。」
「等等！」譚曜磊喊住他，「沛然，我有事問你。」
「什麼事？」
譚曜磊猶豫了一下，還是問出口：「你曾經接受過器官移植手術嗎？」
「沒有。」夏沛然笑了，「我身體不太好，上手術台的次數多得連我自己都記不清，但我很確定我沒做過器官移植手術。」
「……是嗎？」
「是啊。晚自習時間到了，我得進教室了，譚叔叔再見。」
譚曜磊放下手機，桌上擺著一份夏沛然的身家調查資料。
夏沛然的父親是國內知名汽車集團總裁，還是德役的校友，母親也出身名門望族。生長在這樣的家庭，夏沛然從幼稚園到國中，讀的卻是一般公立學校，直到高中才進入德役這所頂級私校就讀。
夏沛然在國三那年，染上棘手的怪病，訪遍名醫皆束手無策，只是不管譚曜磊怎麼調查，都無法進一步得知夏沛然的詳細病況。
照夏沛然昨天在電話中所言，他是因爲蕭宇棠，身體才會出毛病。而夏沛然國三那年，已是蕭宇棠從德役離開的一年後，仔細推敲，兩人應曾在那段時間有過接觸。

但這兩人是什麼關係？夏沛然對於赤瞳者的種種理解，是不是就是透過蕭宇棠得知？他是不是刻意接近同爲赤瞳者的馮瑞軒？以及他這麼做是受蕭宇棠驅使嗎？

譚曜磊並不認爲夏沛然是赤瞳者，也不認爲他否認自己接受過器官移植手術是謊言。

「簡單來說，就是她身上的某樣東西，跑進了我的身體裡，我才會變成這樣。」

倘若夏沛然眞是赤瞳者，昨天何必故意讓譚曜磊聽到他說出那番話，今天卻又否認自己接受過器官移植手術？這沒有道理，要是夏沛然眞想隱瞞自己的赤瞳者身分，他昨天大可不必那麼做。

但夏沛然若不是赤瞳者，那番話到底是什麼意思？他身上的怪病又是怎麼回事？

「請妳耐心等待，不久之後，所有妳想知道的事，都會一件件眞相大白。」

會不會夏沛然這幾句話，不只是在安撫馮瑞軒，同時也是說給他聽的？暗示他不要操之過急？

既然如此，譚曜磊索性改從其他方面入手查案，自從得知馮瑞軒和蕭宇棠一樣是赤瞳者，且蕭宇棠極力想找出其他赤瞳者後，他就不認爲先前企圖襲擊馮瑞軒的人是蕭宇棠。

譚曜磊私下聯繫馮父，抽空前往台中，請馮父帶他到馮瑞軒過去兩次差點被盆栽砸中的地點查看。

據馮父所言，先前警方調查結果顯示，那兩盆盆栽，原本都放在頂樓牆邊地上，若無人蓄意行兇，再怎麼樣盆栽都不可能從頂樓掉落，偏偏案發時，未有任何可疑人士出現在頂樓。

那麼犯人是怎麼做到的？對於一般人而言，自然難以犯案，但如果是身懷異能的馮瑞軒，操控盆栽移動掉落卻是輕而易舉……

從頭到尾沒人企圖襲擊馮瑞軒，一切都是她自導自演。

雖然還不明白馮瑞軒這麼做的動機，但照這樣看來，騷擾信的事，極有可能也是她捏造出來的。

「瑞軒收到的騷擾信裡寫了什麼？查過筆跡嗎？」譚曜磊問馮父。

「對方是用打字的，信上寫著，希望瑞軒能繼續游泳，愈來愈進步，要不然他會很困擾。」

儘管表達方式有點奇怪，但這聽起來像是種鼓勵，當譚曜磊這麼說完，馮父卻搖頭。

「不，那整封信的意思是，希望瑞軒能登上巔峰，爬得愈高愈好，這樣當她從頂端摔下來的時候，才更讓人痛快。這個人心懷惡意，以別人的失敗爲樂，他想親眼目睹瑞軒跌入谷底，再也不能游泳。」馮父滿臉憤慨。

譚曜磊有些愕然，就算馮瑞軒要編造騷擾信，內容也沒必要寫得這麼變態扭曲。

「那你們一家和吳德因校長是怎麼認識的？」

馮父無奈一笑，「從前我幫我堂哥作保，結果他跑路了，留下一大筆債務，那時瑞軒剛做完器官移植手術，我和太太有次忍不住在瑞軒的病房外抱頭痛哭，德因阿姨碰巧經過，主動與我們攀談，最後不僅幫忙還清債務，連瑞軒的醫藥費也一併擔下。她說她與我們一家人有緣，那時我才體悟到，這世上真的有神明，德因阿姨就是活菩薩，是我們馮家一輩子的恩人。」

返回台北前，譚曜磊把車子停在路邊，坐在車內，闔起沉重的眼皮，靠在椅背上聆聽鄰近商店播放的耶誕樂曲。

過了半晌，斗大雨滴倏地打在擋風玻璃上的聲響，取代了樂曲，他緩緩睜開雙眼，隨意朝人行道上瞥去，意外見到一張熟悉的面孔。

譚曜磊下車走到對方身邊。

「宗珉？」

坐在電動輪椅上，正在低頭調整椅子的少年聞聲抬頭，面無表情回道：「你認錯人了，韓宗珉是我弟。」

譚曜磊很意外，原來韓宗珉和他的哥哥是雙胞胎。

眼看雨勢漸大，這名和韓宗珉有著同樣面孔的少年向他求援：「叔叔，能不能把我推到前面麵包店的遮雨棚下？輪椅的電動功能好像故障了。」

「好。」譚曜磊二話不說伸出援手。

躲雨的時候，少年一面撥落髮上的雨珠，一面打電話，最後卻一句話也沒說就放下了手機。

「你是想找人來接你？」

「嗯，但我爸沒接電話。」

譚曜磊觀察一下雨勢，判定應該只是午後陣雨，於是提議：「不介意的話，雨停之後，我開車送你回家，我的車就停在旁邊。」

「好啊，謝謝。」少年倒是乾脆，沒什麼顧慮就答應了，「叔叔和我弟是怎麼認識的？」

「喔，我認識的一個孩子，和宗珉是朋友。」思及這對兄弟似乎關係不睦，譚曜磊簡單帶過，沒有提到太多細節。

「你認識的那個人也是德役的學生？」見譚曜磊點頭，少年默不作聲，轉頭注視著前方的雨幕，表情似乎別有深意。

「你叫什麼名字？」譚曜磊問。

「韓宗玹。」

雨果然很快就停了。

譚曜磊開車送韓宗玹回家，韓宗玹的父母正好從外面回來，堅持請譚曜磊進屋坐坐，在盛情難卻之下，他只得登門打擾。

趁著韓宗玹回房間換衣服，韓母輕聲問：「譚先生，你剛剛說認識我們家宗珉？」

「嗯，見過一次，他很懂事。」

「那他看起來過得好嗎？」

譚曜磊遲疑了一下，「你們很久沒見到宗珉了嗎？」

「那孩子很少跟我們聯絡。」韓父苦笑，「譚先生不但認識宗珉，還幫了宗玹，還眞是一種奇妙的緣分，謝謝你。」

「別客氣，舉手之勞罷了。」

此時韓宗弦從房間把韓母叫過去，譚曜磊忍不住問韓父：「能否冒昧請問……宗玹的腳是怎麼了？」

「唉，他國三那年出了一場嚴重的車禍，導致下半身癱瘓，我妻子本來是護理師，便辭職專心照顧他。」韓父感慨道：「如果不是那場車禍，現在的他也會在德役就讀吧。」

「這樣啊。」譚曜磊心中微微一凜。

「嗯，他和宗珉從小熱愛游泳，常一起參加比賽，一起拿獎回來，兩個人都很優秀，但宗玹的天賦和學習能力其實比宗珉更高，也比他有機會進德役。」

聽到這裡，譚曜磊很快明白過來，「宗珉和宗玹之間，是否爲此產生了芥蒂？」

韓父挑眉，「宗珉有跟你說嗎？」

「提過一點，沒說太多。」譚曜磊隱晦道。

「唉，宗玹出車禍後，就像是變了一個人，和弟弟關係也變差了，宗珉一考上德役，兄弟倆就再也沒說過話。我不忍苛責宗玹，這起意外對他而言太過殘酷，他會憤恨不平，也是情有可原；同時我也心疼宗珉，他面對哥哥的嫉妒和敵視，心理壓力很大，才會在去了德役之後，就不太跟家裡聯絡了。」韓父面露尷尬，吞吞吐吐地說：「那個……初次見面就拜託你這種事，實在很不好意思，但如果你有機會見到宗珉，能否多關照他一下？」

譚曜磊答應了，他不忍拒絕這麼一位愛子心切的父親。

實際與韓宗珉的父母相處過後，譚曜磊並未覺得他們只偏愛韓宗玹，兩人在言談之間不時流露出對韓宗珉的關心。

從韓家離開前，韓宗玹請譚曜磊到他的房間單獨說幾句話。

「叔叔，今天謝謝。」

「不會，很高興認識你。」

「我爸媽跟你說了我弟的事吧？」韓宗玹淡淡提起，「他們是不是說，我因爲他進了德役，所以心生嫉妒，對他很惡劣？」

譚曜磊還來不及接話，他又問：「你剛剛說，韓宗珉和你認識的一個孩子是朋友，他們感情很好嗎？」

「還不錯，可能看她是國中部的學妹，所以宗珉挺照顧她的。」不明白韓宗玹問這話的用意，譚曜磊回答得很謹愼。

「學妹嗎？」韓宗玹沉吟道，「也是游泳隊的？」

「不，她加入的是武術社。」

「是喔？那沒事，只要她沒有和游泳扯上關係就好。」說完，韓宗玹向他道別，「叔叔再見，你回去開車小心。」

乍聽韓宗玹那句話，譚曜磊以爲，韓宗玹是因爲自己再也無法游泳，所以也接受不了別人游泳。

結果事實完全不是他所想的那樣。

✦

羅署長來電，問譚曜磊是否有再與蕭宇棠碰面。

「沒有，但她有打電話給我。」對於這個問題，譚曜磊早有準備，這是他幾經思量後做出的答覆。

「她在電話裡說什麼？」

「只說要我好好護送馮瑞軒。直到現在，我還是不知道她指定我接下這項任務的眞正意圖。」

在蕭宇棠告訴他接下來的計畫之前，還不合適讓羅署長得知吳德因的所做所爲，畢竟羅署長顯然和吳德因頗有交情，不然也不會應吳德因的要求，安排警察護衛馮瑞軒了。

「唉，要不是我，你也不必蹚這趟渾水，你自己小心，可別出事，蕭宇棠那女人很危險，有機會就想辦法殺了她。」

羅署長話裡對他的擔憂，讓譚曜磊心中一動，決定多透露點資訊，「我想她現階段還不會對我動手。」

「怎麼說？」

「透過幾次談話，我認爲她良知尚存，並不眞的是殺人不眨眼的怪物。更重要的是，她身上還有許多疑點，等我查清楚後，會再向您報告。」

「你的意思是，現階段還不能殺了蕭宇棠？」

「是的，請相信我。」

羅署長沉默半晌，最後才說：「好，我相信你，我等你的回報。」

一個小時後，李哲來到譚曜磊的住處，一進門就大聲嚷嚷。

「我找到一個德役的畢業生，他從國中就認識蕭宇棠，他說蕭宇棠升上高中後，忽然換了張面孔，知情者都很驚愕，蕭宇棠自己卻像是渾然不覺。」

「什麼意思？你是說蕭宇棠並未察覺自己容貌上的改變？這怎麼可能？她照鏡子時難

道不會發現？也沒有人告訴她？」譚曜磊覺得荒謬。

「我也搞不懂，但那個男生說，吳校長當時禁止知情者討論這個話題，更不准在蕭宇棠面前提起。而且蕭宇棠國中時期身邊稍微親近的同學，在升上高中後，也幾乎都離開了德役，很詭異吧？會不會蕭宇棠根本就知道自己換了張臉，只是故作不知，還威脅吳校長把過去認識她的人趕走？」

譚曜磊思索片刻，「可是蕭宇棠沒有理由這麼做，這根本說不通。我反倒認爲，是吳校長不想讓蕭宇棠發現自己的容貌變了。」

「也是，但這樣又繞回原點了，就像你說的，蕭宇棠照鏡子時，怎麼會認不出自己的臉？」

是啊，爲什麼？

一個假設驀地浮上譚曜磊的心頭。

會不會有什麼特殊原因，讓當時的蕭宇棠，無法察覺到自己身上的異狀？

甚至……不知道自己殺了宋曉苳？

「你相信我嗎？」

譚曜磊有些茫然，他不確定自己這個假設，是客觀分析得出的結果，還是出自他內心深處的期盼？

「隊長，查案不急於一時，我會繼續幫忙找出線索的，我一定會跟你站在同一陣線！」李哲拍拍胸脯。

「我說過不想讓你涉入太深，你別忘了。還有，如果……我最後選擇站在蕭宇棠那邊，難道你也要跟我同一陣線？」譚曜磊瞥了他一眼。

李哲頓了一下，沒心沒肺地笑了，「沒問題啊，我隨你上刀山下油鍋！」

✦

幾日後的耶誕節，譚曜磊收到一個寄到家裡的包裹。

紙箱裡裝著由馮瑞軒、夏沛然、韓宗珉三人分別準備的耶誕禮物，還十分用心地寫了卡片，他這才恍然大悟，爲何夏沛然先前會向他索要住址。

韓宗珉送他兩張電影票，馮瑞軒則送他一條觸感柔軟的亞麻色圍巾，而夏沛然送的卻是《飛越山洞的多多》這本繪本，他寫在卡片上的只有短短一行字：

譚叔叔，你其實也是多多。

他有點意外，沒想到夏沛然會說出與葉霖相似的話。只是思及夏沛然先前對多多的評價，譚曜磊又覺得有點好笑，莫非夏沛然是在暗指他笨？此外，這句話中的「也是」，又是什麼意思？

放下卡片，他看著這些禮物，心裡有多感動，對他們就有多心疼。這三個孩子都背負著無法對人言說的沉重祕密。

同一時間，身處德役的三名少年少女，也已經聚集在天台，準備交換禮物。

「剛剛譚叔叔傳訊息給我，說他收到禮物了，他很喜歡。他要我替他轉達謝意，還說想找一天請我們吃飯，當作回禮。」夏沛然說。

「譚叔叔喜歡就好。」韓宗珉斜了他一眼，「你選的禮物有在我們說好的價格帶內吧？要是你破壞了遊戲規則，我可饒不了你！」

「知道啦，你這人眞囉唆。」夏沛然懶洋洋地把一包禮物拋給韓宗珉，「拿去，這是給你的。」

韓宗珉毫無期待地拆開包裝紙，立刻脹紅了臉，「你送這什麼啦！」

馮瑞軒好奇看過去，發現是一條鮮豔的紅色四角褲，差點笑出聲來。

「這是我特別爲你精心挑選的，你今晚洗完澡就穿上它，然後拍照傳給我看。」夏沛然一臉正經地說。

「我才不要，你這個變態！」韓宗珉沒好氣地拒絕，接著把自己準備的禮物遞給馮瑞軒，「學妹，這送給妳。」

「謝謝。」馮瑞軒看著手上的水晶音樂盒，頗爲意外，「這個不便宜吧？」

「是稍微貴了些，一部分也是爲了答謝妳願意和游泳隊進行一場友誼賽。」韓宗珉靦腆一笑，「學妹，輪到妳了，妳送夏沛然什麼？」

她尷尬地看了夏沛然一眼，默默拿出禮物，兩人登時一愣。

「哈哈哈，夏沛然，你趕快戴戴看，快點！」韓宗珉幸災樂禍道。

「戴就戴。」夏沛然大方地把馮瑞軒送的手錶戴上，「怎麼樣？適合我嗎？」

「超適合，根本是爲你量身打造的！」對著夏沛然手腕上那支動畫《妖怪手錶》同款造型手錶，韓宗珉笑得上氣不接下氣，「你是不是又得罪學妹了？」

「沒這回事。」馮瑞軒難爲情地解釋，「我偶然在網路上看到這支手錶，不知怎的，就一直想到學長。我也很想挑點像樣的禮物，但這支錶就是在我腦中揮之不去……」

「我懂，因爲他左手是『鬼手』嘛，都跟妖怪有關，這支手錶配他這種幼稚鬼剛好。」韓宗珉調侃夏沛然。

「是啊，今後我就戴這支錶了。」夏沛然搖頭晃腦道。

「啊？你是認眞的嗎？」韓宗珉傻眼。

「廢話，這可是瑞瑞學妹送我的第一樣禮物，意義非凡。」夏沛然嘴角浮現笑意，竟像是眞的很高興，「我現在已經開始期待，瑞瑞學妹明年會送我什麼耶誕禮物了。」

「哪能這樣啊？到時候抽籤決定瑞瑞學妹要送禮物給誰！」韓宗珉不滿地抗議。

明年。

聽兩人這麼說，馮瑞軒發自內心以爲，自己和他們眞的會有下一個耶誕節。

這一天，她其實也爲另一個人精心準備了禮物，夏沛然也知情。

她趁著上午的空檔，悄悄將裝著禮物的紙袋掛在史密斯辦公室的門把上。

花掉她三分之一積蓄買下的禮物，是一條龍柱圖騰造型的純銀項鍊，據店員表示，這條項鍊還可以作爲帶來幸運的護身符。

她忐忑不安地想著，希望史密斯能接收到她對他的祝福與感激之意。

孰料兩天之後，德役便傳出一個震驚全校的消息。

史密斯失蹤了。

# 第八章

從不請假的史密斯，沒有出現在武術社的晨訓，一整個上午都找不到人。消息一傳出，全校學生無法停止各種揣測。

「你從武術社那裡打聽到什麼了嗎？」午休前，韓宗珉跑到夏沛然的座位旁問。

夏沛然專注地盯著手機，「武術社的社長說，確實有件事很奇怪，美國大兵幾天前忽然交代了他很多事，平時的他不會這樣。」

韓宗珉立刻嗅出不尋常，「……難道美國大兵早有準備要離開德役？但就算真要離職，怎麼會選擇一聲不響離去？太奇怪了。」

此時校園廣播響起，請所有高中部學生即刻到禮堂集合。

站在禮堂台上的吳德因，神情未見驚慌，口氣依然溫和：「事出突然，由於私人因素，史密斯老師即日起卸下教職，返回美國定居。大家一定相當震驚，並非常不捨，史密斯老師也同樣遺憾沒能跟你們好好道別。」

吳德因一如既往的柔和嗓音，安撫了眾人心中的躁動不安。

「希望大家以祝福的心，感謝史密斯老師這些年來對德役的付出，以及帶給我們的許多美好回憶。」

不少崇拜史密斯的學生當場紅了眼睛，武術社成員更是深受打擊，難過得哭成一團。沒有史密斯的武術社，就不再是德役過去的武術社了。

馮瑞軒聽聞消息，立即奔去校長室向吳德因求證，她對史密斯的驟然離去充滿懷疑，認爲其中必然另有隱情。

「史密斯老師確實是因爲放不下在美國的家人，才會決定回去。」吳德因摸摸她的頭，笑容慈藹，「瑞軒，妳要永遠將史密斯老師的教導銘記在心，這樣他的離開才有價值，懂嗎？」

馮瑞軒愣愣地望著吳德因，只覺不寒而慄。

趁著下午課堂中間的休息時間，她約了夏沛然見面。

「學長，我很害怕。德因奶奶那番話讓我覺得怪怪的，我有種不祥的預感，老師會突然不見，或許跟我有關。」馮瑞軒眼眶泛紅，「老師會不會出事了？再怎麼匆忙，他也不至於不告而別，他不是這麼不負責任的人。」

夏沛然握住她的手，「妳先別急，我正在想辦法打聽，妳暫時別再去問校長任何事，免得她起疑。」

馮瑞軒點點頭，被他握著的手仍不住地發顫。

譚曜磊下午收到了夏沛然傳來的訊息。

訊息裡提到史密斯突然失蹤，以及吳德因對此給出的解釋，並表示他和馮瑞軒都認爲這件事的背後絕不單純。

不知爲何，譚曜磊也因這個消息略微心神不寧。

彷彿感應到有什麼大事即將發生了。

兩個小時後，他的手機響起，他尚未接起就猜到是誰打來的。

「譚警官，」蕭宇棠用一貫平靜的嗓音對他說：「先前說過有事請你幫忙，現在是時候了。」

✦

待譚曜磊抵達會面地點，穿得一身黑的蕭宇棠，已經站在風中等候。

爲免被熟人發現，他租了車，輕按車喇叭後，蕭宇棠迅速打開車門坐上副駕駛座，跟他說了一個地方。

「妳要我協助的事，莫非與史密斯有關？妳知道他從德役失蹤了嗎？」譚曜磊直接了當地問。

「嗯，一早就知道了。」

「怎麼回事？難道是吳德因對他做了什麼？」

「她派人擄走了他，此舉並非臨時起意，而是早有預謀，吳德因從很早以前，就想找機會除掉史密斯。」蕭宇棠目視前方，「我原本可以更快追尋到他的行蹤，但由於某個原因……直到剛剛才掌握到他的確切位置。」

「什麼原因？」見她沒答腔，譚曜磊又問：「妳要我怎麼幫妳？」

譚曜磊看過史密斯的背景資料，知道要一聲不響擄走史密斯並非易事，吳德因安排的人絕非泛泛之輩，人數也必定不只一個。

「你有帶槍吧？」蕭宇棠問。

「有，所以呢？」譚曜磊蹙眉，這種棘手的情況，難道她打算只靠他的一把槍救人？像是察覺到他的想法，她只淡淡地說：「你不必動手，只要在必要的時候幫我一把就行了。」

「什麼是必要的時候？」

「就是情況不對的時候，如果你發現，我讓事態變得難以收拾，請朝我開槍。」蕭宇棠說得意味不明。

「妳要我殺了妳？」譚曜磊大驚。

「不，你只要設法阻止我就夠了。」蕭宇棠仍舊面色不改，「你可以在事情結束後請求其他警局同事支援，畢竟逮捕那群人需要人手。」

譚曜磊依然不太能明白她的意思，蕭宇棠卻顯然不欲多言。

半個小時候，譚曜磊依照蕭宇棠的指示，將車子開進一座大型貨櫃碼頭，並找了個隱蔽的角落停好車。

天色已然暗下，碼頭燈光稀稀落落，刺骨海風刮痛譚曜磊的臉，四周的寂靜令他不敢大意。

「我聽見交談聲，在那裡。」

蕭宇棠毫不猶豫就朝某個方向邁步，然而除了風聲，譚曜磊什麼也沒聽到。

他們來到離停車處四百公尺遠的一間廠房，裡頭的燈是亮著的。

譚曜磊從窗子望進去，空蕩的屋內，有八名身著西裝、身型魁梧的男子或站或坐，個個看上去都身手了得，腰間均配有槍枝。

角落則有另一名被牢牢捆綁在椅子上的男子，渾身是血，模樣狼狽。

那個人應該就是史密斯，但他似乎陷入昏迷，低垂著頭奄奄一息。

椅子下的遍地血跡，顯示史密斯在這段時間裡，遭到極其殘酷的嚴刑拷打。

他還活著嗎？

看著那群人輕鬆談笑，譚曜磊猜不到他們的下一步。

「他們現在打算做什麼？」他低聲問。

「應該是等待吳德因安排的船過來，準備將他帶往菲律賓。」蕭宇棠頓了下，又說：「接下來請你先待在這兒，剛才跟你說的事，就拜託你了。」

聞言，他拽住她的手臂，「妳瘋了？妳打算一個人跟他們鬥？」

「譚警官你是否忘了，我是什麼？」她抬頭對上他充滿焦慮的眼睛，一抹清淺的笑意浮上唇角，「你見過赤瞳者眞正的樣子嗎？」

下一秒，譚曜磊就看見這輩子最令他不寒而慄的畫面。

蕭宇棠原本宛如黑曜石般的瞳眸，轉瞬間變成了鮮血的顏色。

他爲之震懾，被這雙絕美的紅色眼瞳擄獲了心神，完全移不開目光。

蕭宇棠輕輕掙脫他的手，單槍匹馬步入廠房。

注意到廠房門口有動靜，那群西裝男頓時面露警戒，在看清蕭宇棠那詭異的瞳色後，紛紛舉槍對準了她，還來不及扣動扳機，他們持槍的手便受到一股強大的力量操控，不約而同朝著不自然的方向扭轉。

承受不住劇痛，西裝男們低吼出聲，一個個鬆開了手指，再也握不住槍，手腕也跟著無力地垂下，腕骨似乎已然斷裂。

但他們並未因此退縮，反而朝蕭宇棠飛撲過去。

蕭宇棠連一根手指都沒抬，只是用那對赤色的眼瞳專注凝視著他們，就讓這八名彪形大漢毫無招架之力地倒在地上。

廠房內的燈光驀地閃爍了起來，地面也開始搖晃，譚曜磊注意到那群西裝男五官扭曲，身體劇烈抽搐，彷彿遭受前所未有的巨大疼痛，明明張大了嘴巴，喉嚨卻像是硬生生被掐住，一點呻吟都發不出。

燈光閃爍的頻率愈來愈快，地面也晃動得更形劇烈，過沒多久，八名西裝男全都口吐白沫，白眼一翻，暈了過去。

目睹這一幕，譚曜磊再次感到毛骨悚然。

這就是赤瞳者的力量，能輕而易舉操控常人的生死。

很快地，他察覺到情況有些不對勁。

那些人明明都已失去抵抗能力，蕭宇棠卻似仍不願罷休，燈光的閃爍與地面的搖晃並未停止，她緩步走近某個離她最近的西裝男。

她想做什麼？難道她打算趕盡殺絕？

「蕭宇棠，已經夠了，住手！」譚曜磊從藏身處大吼。

但她毫無反應，好似根本沒聽見。

這是怎麼回事？她怎麼了？

譚曜磊正想衝入廠房，一股蒸騰熱氣卻如海浪般迎面湧來，他被熱氣逼得踉蹌倒退一步。

廠房分明沒起火，裡頭的溫度卻高得像是在燃燒。

他該怎麼做？再不阻止她，事態恐將無法收拾，包含史密斯在內的九人必定性命不保。

「如果你發現，我讓事態變得難以收拾，請朝我開槍。」

情急之下，譚曜磊回想起蕭宇棠的囑咐，毫不猶豫地掏出手槍，瞄準了她，扣下扳機。

子彈擦過蕭宇棠的左手臂，這一槍帶來的灼熱痛感，終於令蕭宇棠恢復神智，她渾身一震，差點沒站穩。

電燈停止閃爍，地面也中止搖晃，室內溫度更不再飆升。

譚曜磊奔向蕭宇棠，儘管對自己的槍法有信心，他仍不免擔憂，「手怎麼樣？我盡量讓子彈擦著妳的手臂掠過去。」

「我不要緊，但請你先別碰到我的手。」她微微喘息，用隨身攜帶的手帕將流至手背的血擦乾淨，隨後跑到史密斯身邊，譚曜磊也跟過去。

「他情況如何？」

「還有氣息。」蕭宇棠端詳史密斯傷痕累累的面容，臉上辨不出悲喜，「譚警官，麻煩將他扛回車子停的地方。」

還未走近那輛租來的車子，譚曜磊便赫然發現，一旁多了一輛黑色廂型車。以為是吳德因派來的援手，他下意識就想拔槍，蕭宇棠卻阻止了他。

「是我叫來的人。」

一名年約六十多歲的陌生男子從廂型車上下來，協助將依舊昏迷不醒的史密斯扶上後座。

「老師。」蕭宇棠俯身在史密斯的耳畔低喚，「老師，您聽得見我說話嗎？」

史密斯腫脹的眼皮微微一動，勉強撐開一條細縫。

始終表現得處變不驚的蕭宇棠，第一次出現明顯的情緒波動，她顫抖著嗓音說：「老師，對不起，我來晚了。」

譚曜磊驀地恍然大悟，過去在德役協助康旭容救出蕭宇棠的人，必定就是史密斯。

「宇棠，沒時間了，再不走就來不及了，妳也上車吧。」那名陌生男子坐回駕駛座，連聲催促。

「不，我留下來。袁叔叔，老師就拜託你了。」即便口中回答男子，蕭宇棠的視線仍未離開史密斯，並鄭重向他承諾，「之後的事交給我，我絕不讓您的苦心白費。」

史密斯努力撐起眼皮看她，眼神彷彿隱含千言萬語，他乾裂紫黑的嘴唇微微蠕動，似是想說些什麼，卻發不出半點聲音。

蕭宇棠的目光落向掛在史密斯脖子上的純銀項鍊，「馮瑞軒那邊有我，您不必掛心。唯有您平安，我和沛然這一路的努力才有意義。老師，謝謝您為我們做的一切。」

見史密斯吃力地點了下頭，蕭宇棠眼眶裡積蓄已久的淚水終於忍不住落下。

她關上車門，目送廂型車駛離，直至紅色的車尾燈消失在夜色裡。

譚曜磊靜靜地注視蕭宇棠消瘦挺直的背影，口袋裡的手機忽地傳來震動。

「隊長，我們到了你說的那間廠房，裡面八個人都陷入休克，已經通知救護車過來了。」李哲在電話裡匆匆道，「我沒看到你的車，你還在附近嗎？人質情況怎麼樣？需不需要也去醫院一趟？」

現在碼頭四周應該聚集了不少警車，若開著那台租來的車離開，極有可能會被攔下盤查，那樣太危險了，不如設法讓李哲協助蕭宇棠脫身。

譚曜磊回頭望向蕭宇棠，她像是明白他心中所想，對他點點頭。

「好，你一個人過來碼頭C區，人質受到驚嚇，暫時不適宜面對人群。」

「明白。」李哲隨即掛斷電話。

先前蕭宇棠說過，可以請警局同事支援，於是譚曜磊在抵達碼頭前便通知李哲，不過沒讓他知道真相，只告訴他自己碰巧撞上一起綁票案，尾隨嫌犯至人質藏匿地點後，會再發訊息過去。

待救出史密斯，譚曜磊便將廠房的GPS定位發給李哲，請他率大批警力前來逮捕那八名不醒人事的西裝男。

等候李哲過來之前，譚曜磊讓蕭宇棠戴上口罩，請她非必要時別出聲，判斷只要謹慎些，應該可以瞞過李哲。

三分鐘後，李哲神色緊張地出現。

「隊長，你沒受傷吧？」

「我沒事，人質也沒事，但她情緒很不穩定，能不能先讓我帶她離開？晚一點我再護送她去警局做筆錄。」譚曜磊語氣自然沉穩。

看著蜷縮著身軀、抱膝臨海而坐的蕭宇棠，李哲一口答應：「好，你走靠C區的東側出口吧，我那邊沒布置人手。不過在那之前，可以先讓我跟她說幾句話嗎？只是簡單的例行問話。」

譚曜磊遲疑了下，若是拒絕，必然會反令李哲起疑，況且蕭宇棠很聰明，這點程度的盤查理應尚能應付。

「好。」他點頭同意。

李哲小心翼翼地走向蕭宇棠，「妳還好嗎？可不可以請教妳幾個問題？」

蕭宇棠整個人縮得更小，悶不吭聲，且不斷搖頭，精湛演繹出驚懼的反應。

「那沒關係，我們現在就帶妳離開。站得起來嗎？我扶妳。」

蕭宇棠順從地讓李哲拉著她起身，幾乎是在蕭宇棠剛站起身的同時，李哲拔出腰側的手槍，朝她的腹部射擊。

蕭宇棠踉蹌後退，李哲又朝她的胸口補了數槍，速度快得幾乎毫無間隙。

這一切在電光石火間發生，譚曜磊來不及阻止，只能眼睜睜看著身中六槍的蕭宇棠，失足墜入漆黑的大海裡。

他衝至岸邊，望向大海，茫然四顧，卻已不見蕭宇棠的蹤影。

譚曜磊心急如焚，轉身重重揍了李哲一拳，「你在做什麼？你瘋了？」

「瘋的是你！她才不是什麼無辜的人質！你護著她幹麼？你怎麼可能獨力制伏那八個男人？我一到現場，就看出那絕對是蕭宇棠下的手！」李哲也激動不已，「你為什麼不殺了她？甚至還跟她一起行動？你明知她是赤瞳者，為什麼還協助她逃走？難道你眞如署長所言，被她蠱惑了？」

譚曜磊一愣，「署長？他說什麼了？」

「他說你不僅為蕭宇棠說話，還堅持不能殺她，他懷疑你受到了蕭宇棠的蠱惑，暗中協助她行事。我本來不相信，沒想到……」李哲語氣帶著受到背叛的氣憤。

「好，我相信你，我等你的回報。」

「沒問題啊，我隨你上刀山下油鍋！」

原來過去的長官和部屬，口中對他所謂的信任，竟是如此不堪一擊？

「所以你早就受羅署長的指示來監視我？」譚曜磊冷笑，心中一片悲涼，「你認識我這麼久，難道沒想過我這麼做，必定有我的理由？」

「我本來也不願意懷疑你，直到那天你說，如果你選擇站在蕭宇棠那一邊，難道我也要跟你同一陣線？那時我才發現署長那番猜測，或許並非空穴來風。」李哲看著他的眼神充滿不諒解，「你爲什麼要幫她？不管基於什麼理由，包庇她這種怪物就是不對，你很清楚赤瞳者有多危險！」

譚曜磊沒有回答，只冷冷地看著他。

李哲再開口時，神情和語氣已然和緩許多，「隊長，蕭宇棠不幸感染紅病毒，是很可憐沒錯，但她殺害許多人也是事實啊，你不能因爲同情而心軟，甚至盲目地幫助她逃亡。蕭宇棠是在利用你，她不像你所想的——」

譚曜磊冷不防一掌劈在李哲的頸後，讓他暈了過去。他沒想傷害李哲，只是不想在這種時候和他繼續糾纏。

他再次望向黑茫茫的大海，眼睛隱隱發熱。

「該死……」

想到蕭宇棠就此葬身在這片大海，他竟一時無法辨明心裡是何滋味。

就在此時，他依稀瞥見海面上浮現一道若隱若現的身影。

譚曜磊的身體比腦袋更快有了反應，他衝下旁邊的階梯，躍入海中奮力朝那道身影游去，順利救起了蕭宇棠，並開車載著她從碼頭的東側出口離開。

「妳怎麼樣？還可以嗎？」譚曜磊瞥了一眼坐在副駕駛座上的蕭宇棠，幸好她意識依然清楚。

蕭宇棠點點頭，臉上一絲血色也無。

「我馬上送妳去醫院。」譚曜磊不放心。

這次她搖了搖頭，氣若游絲道：「不能去醫院，只要找個地方休息一會就好。」

「好，妳撐著點。」譚曜磊也不堅持，將車子開至郊區的一間汽車旅館。

不可思議的是，身中六槍的蕭宇棠，竟能自行緩步走進房間，待她脫下外套，譚曜磊才發現原來裡頭穿著防彈衣。

儘管身著防彈衣，但如此近距離中槍，子彈巨大的衝擊力，仍會讓她五臟六腑受傷，甚至是內出血。

據譚曜磊所知，赤瞳者受傷後的復原速度比普通人快上許多，但那也只是復原速度快，赤瞳者一樣會因傷勢而感受到同樣程度的疼痛。

果然，一脫下防彈衣，蕭宇棠就倒在床上，死死抓住棉被，緊咬著牙關，不讓自己發出呻吟，額頭浸滿了冷汗。

而他什麼也無法做，只能寸步不離地守著她。

待她臉上的痛苦神色稍減，呼吸亦不再沉重，已經過了兩個小時。

先前他開槍打中她手臂的傷口已然消失，一點痕跡也沒留下。

她閉著眼睛，眉毛舒展，似乎已安然睡去。

爲了讓她舒適些，他替她脫下鞋襪，並用濕毛巾替她擦拭臉上和手腳的髒汙。做完這些，他掏出被海水浸泡過的手機試了一下，幸好還可以使用。

電話接通的同時，他也開啓錄音功能。

「署長，是我。」譚曜磊開門見山，「蕭宇棠的事，您聽李哲說了吧？」

羅署長也不拐彎抹角，「是你將李哲打暈的？」

「是，我不想和他有更進一步的衝突，又必須擺脫他，兩相權衡之下，只能將他打暈。」譚曜磊淡淡說道：「沒想到您會安排李哲來試探我，您就這麼不信任我？還是這是出自吳德因的綬意？您藉由我引出蕭宇棠，再讓李哲伺機除掉她？」

「一派胡言，我是爲了保護社會大眾！」羅署長義正嚴詞地喝斥。

譚曜磊語氣未有一絲波瀾，「若眞是如此，那當然最好。」

「譚警官，我必須考慮的面向，從來就沒有你想的那麼簡單。」羅署長重重嘆一口氣，「無論如何，這段時間你辛苦了。既然蕭宇棠已死，一切就都結束了，我不追究你私下相助蕭宇棠，你也別再胡思亂想，繼續好好爲警隊效力。」

「你確定一切都結束了？」譚曜磊反問。

「什麼意思？難道蕭宇棠沒死？」

「她身中多槍墜海，就算是赤瞳者，在這種情況下也必死無疑。李哲目睹了整段過程，您大可以去問他。」譚曜磊接著又說：「之前和您提過，蕭宇棠身上還有許多疑點，等我查清楚後，會再向您報告。我現在可以肯定地告訴您，身處台灣的赤瞳者，並不只有蕭宇棠一個。」

羅署長脫口而出：「你說什麼？這怎麼可能？」

「蕭宇棠不僅知道其他赤瞳者的身分，更掌握了他們的下落。這半年頻頻傳出的離奇火災事故和焦屍命案，就是由另一名赤瞳者所犯下。」

羅署長失去冷靜，「他們？所以在蕭宇棠死後，台灣仍存在有兩名以上的赤瞳者？那些人是誰？他們在哪裡？」

「我還沒來得及查探出來，蕭宇棠就死了。」譚曜磊冷冷地回，「所以我才會堅持現階段還不能殺了蕭宇棠，並假意配合她，希望能取得她的信任。如今您擅作主張，指使李哲殺了她，找出其他赤瞳者的唯一線索就這麼斷了，倘若這件事傳入總統耳裡，您認爲總統會作何感想？」

羅署長一時說不出話來，譚曜磊確實捉住了他的軟肋。

「署長，您的好意我心領了，既然您已信不過我，再繼續下去也沒什麼意思。」譚曜磊沉聲道：「今天是我身爲警察的最後一天，您曾答應等這項任務結束後，會尊重我的去留。蕭宇棠已死，不會再威脅到馮瑞軒的安危，我的這項任務應該也算是結束了吧，希望您能信守承諾，別再打擾我的生活，更不要派人監視我，否則一旦被我察覺，我們今晚的對話，將不再是只存在於我們兩人之間的祕密。」

說完，也不等羅署長回應，譚曜磊逕自切斷通話，並將錄音檔上傳雲端，旋即關機。

他坐回床邊，透過昏黃的夜燈，凝視蕭宇棠安詳的睡顏，直至天明。

譚曜磊不記得自己是怎麼睡過去的，當他睜開眼睛，迎向蕭宇棠含笑的注視時，仍有些恍惚。

意識到現前是什麼情況後，譚曜磊趕忙坐直，驚訝地問：「妳沒事了？」

「嗯，謝謝你救了我。」蕭宇棠神采奕奕，氣色紅潤，「史密斯老師已在昨夜平安離開台灣，他會先待在香港養傷，再返回美國。」

「是昨天那個男人護送他去香港的？」

「對，他是香港人，也是醫生。」

「史密斯這一去還會再來台灣嗎？」

「他會再來的，我們約好事情『結束』那天見面。」蕭宇棠唇角微揚，「多虧有你，他才能順利離開。」

「我什麼也沒做。」這是譚曜磊的肺腑之言。

「不，如果沒有你，我一個人救不了他，現在也不可能安然無恙坐在這裡。謝謝你。」蕭宇棠誠懇地向他道謝。

「妳身體眞的……沒事了？」譚曜磊有些無法直視她清澈的眼眸，不甚高明地轉移了話題。

「嗯，我扶著李哲的手站起時，趁機窺視了他的記憶，看見他曾與警政署長單獨談話，便有了戒備，才得以及時運用能力保護自己。幸好他沒朝我的腦袋開槍，否則我必死無疑。」

蕭宇棠說得雲淡風輕，譚曜磊卻聽得膽戰心驚。

良久，他才再次開口：「那妳接下來要怎麼做？」

「我這邊的任務算是完成了，接下來要等另一邊的消息，才會有下一步行動。」

「妳指的是夏沛然？」譚曜磊目光灼灼，「找出其他赤瞳者的關鍵，就在瑞軒身上，所以妳才安排沛然接近她？」

「對。沛然明知那名赤瞳者有多危險，仍自告奮勇擔下這項任務。他和我一樣，不惜付出任何代價，也要爲自己戰鬥。他是個非常聰明的孩子，我相信他能成功，也希望你能信任他，和我一起協助他。」

「況且，我要看著這隻手，才不會忘記自己該做的事。」

「是有人看史密斯老師不順眼，希望藉由這個傳聞，讓他和蕭宇棠一樣，永遠從德役消失。」

譚曜磊遲來地想明白了夏沛然話中的暗示。

打從一開始，蕭宇棠和夏沛然就知道，吳德因遲早會爲了剷除史密斯而有所行動，甚至連史密斯自己……也是知道的。

但他不明白，夏沛然這樣一個孩子，爲何會不顧自身安危，冒險站在蕭宇棠那邊？況且他的身體出現異常，明明與蕭宇棠有關……

「沛然說過，妳身上的某樣東西，跑進了他的身體裡，才導致他身體失去了痛覺，既然如此，他怎麼還會願意跟妳合作？」話才說完，譚曜磊幾乎是下一秒便自行推斷出答案，「莫非眞正的始作俑者……是吳校長？」

「我認爲由沛然親口告訴你，會比較恰當。」蕭宇棠沒有正面回應。

「在沛然有消息以前，妳打算去哪？」

昨晚她中彈墜海的那一幕，至今仍讓他深感恐懼，他很難就這麼讓她離開。

「我其實有個想要暫時落腳的地方……但我不確定對方願不願意收留我。」蕭宇棠微微偏頭。

「那個人住哪？要我送妳過去嗎？」譚曜磊揚眉，同時心中盤算，如果那個人所在之處位於他熟悉的區域，那便再好不過，這樣他也能暗中護衛她。

「他就在我眼前。」蕭宇棠定定地望著他，「我想去的地方，就是你家。」

# 第九章

馮瑞軒出現在天台時，夏沛然已經在那裡等她。

方才夏沛然傳訊告訴她，史密斯之所以突然從德役消失，是被人綁架了。

她一下子就從吳德因的種種反應中推斷出，吳德因就算不是幕後黑手，也絕對知情，否則如何能面不改色向全校撒謊，說什麼史密斯是因思念家人才倉促離開。

只是吳德因爲什麼要這麼做，馮瑞軒卻想不明白。

「老師他、他還活著嗎？」她抓住夏沛然的手臂，雙目含淚。

「放心，有人及時救出他，並帶著他在昨晚連夜逃出台灣。」夏沛然說。

「眞的？你沒有騙我？」馮瑞軒半信半疑。

「我幹麼騙妳？那個人說，美國大兵雖然身受重傷，好在性命無礙。」夏沛然正色道，「還有，美國大兵要我轉告妳，他收到妳送的項鍊之後，一直戴在脖子上，他覺得自己能僥倖逃過一劫，或許是這枚護身符所帶來的庇佑。」

馮瑞軒激動得泣不成聲，老師願意收下她的感謝實在太好了，老師性命無礙更是太好了……

「沒事了，不要哭了。」夏沛然將馮瑞軒攬入懷裡，柔聲安撫，「不過，有一點很重要，我知道妳已經無法再信任校長，但妳絕對不能改變對待校長的態度，千萬別讓校長察覺有異，明白嗎？」

馮瑞軒點頭，慢慢止住淚水，也開始有心情關注其他重點，「你是怎麼知道這些消息的？」

「抱歉，瑞瑞學妹，我現在還不能說。等到所有眞相水落石出的那一刻，我什麼都會告訴妳的。」

她盯著他，輕咬下唇，「我知道了。」

「打起精神，妳和美國大兵總有一天會再見面的。妳現在只管先想著下星期和游泳隊的友誼賽就好，別再放游泳隊鴿子了，否則韓宗珉以後也不用在游泳隊裡混下去了。」夏沛然故意打趣她。

馮瑞軒尷尬地臉上一紅，「我不會再做這種事了。」

「開玩笑的，我知道妳不會。」夏沛然摸摸她的頭，「對了，妳問過妳那位神祕朋友了嗎？他是否願意見我？」

馮瑞軒愣了下才答：「我有試探性地問過他，但他不肯見不認識的人，還是我下次再跟他提提看……」

「不用了，沒關係，我早料到會這樣。我不想再讓妳爲難，知道對方是怎麼想的就夠了。」

夏沛然的體貼，令馮瑞軒更覺無地自容，「可是你幫了我那麼多，我卻什麼也不能回報你。」

「妳再用這種可愛的表情，說這種可愛的話，我又會忍不住想壁咚妳了。」見她嚇得立刻後退一步，夏沛然失笑，「妳若是想感謝我，就答應我一件事。和游泳隊比賽那天，拋開那些束縛妳的罪惡感，展現出最佳實力，我想看見妳閃閃發光的樣子，對我來說，這就是最好的回報。」

馮瑞軒胸口一熱，「眞的這樣就可以了？」

「妳覺得不夠？不然妳就答應跟我交往，當我眞正的女朋友如何？」夏沛然故意邪魅一笑。

「你認眞點啦！」她又羞又惱。

夏沛然眼珠子一轉，笑容裡多了分狡黠，「好吧，那麼就請妳再答應我一件事。」

儘管沒有別人，他仍將嘴湊到女孩的耳邊，對她說起了悄悄話。

✦

這是譚曜磊始料未及的情況。

從旅館回到家裡，蕭宇棠毫無顧忌地在他家裡繞來繞去，像個好奇寶寶般四處巡視。

起初聽蕭宇棠言明想住進他家，他以為有特殊用意，是計畫的一部分，結果完全不是那麼回事。

「我就只是想去你家而已。」

蕭宇棠理所當然的口吻，令他啞口無言。

回到住處附近時，他時時刻刻留意周遭，確認是否有可疑人士出沒，但直到他拿出鑰匙開門，始終沒有感覺到半分不尋常。

他不敢大意，一進到屋裡便迅速鎖門，並將所有的窗簾拉上。

「如果發現任何風吹草動，我會通知你的。」

由身為赤瞳者的蕭宇棠說出這番話，自然並非虛言，但他卻不想讓她將一切扛到身上。

至少在這裡，他不希望她這麼做。

「還是別大意比較好。」譚曜磊謹慎地說。

只要沒在海中打撈到蕭宇棠的屍體，警方還是會對她的生死存疑。

「放心吧，警政署長和吳德因確實很可能暗中勾結，即便哪天他懷疑馮瑞軒也是赤瞳者，也會因為吳德因而投鼠忌器；況且你手上也算是握有他的一個把柄，他應該暫且不會輕舉妄動。」

譚曜磊愣住了，「妳聽到了我和羅署長的通話內容？」

「嗯，當時我只是閉著眼睛休息，並沒有睡著。」蕭宇棠坐在他對面的沙發上，唇角勾起，表情饒富興味，「我先前威脅警政署長那次，你曾訓了我一頓，結果現在你也做出同樣的事，我其實挺意外譚警官有這一面。」

譚曜磊的目光停留在她忽然綻放的笑顏上。

「妳既然聽到了，那也該知道我辭職了，所以不用再這麼叫我。」他別過眼，轉身打開一扇房門走進去，「我把我女兒的臥室整理一下，之後妳就用那間房。」

從房間出來後，譚曜磊看見蕭宇棠抱著抱枕，闔眼側躺在沙發上。

「蕭宇棠？」

見她沒反應，他也不知道她是不是眞的睡著了，但他還是從房裡取出一條薄被替她蓋上。

她溫熱的鼻息吹拂在他的指尖，他像是被火燙到似的，猛地縮回了手。

她還有呼吸，她還活著。

他爲此感到深深慶幸。

但是他沒有辦法將這樣的想法對她說出口。

截至爲止發生的這一切，都還在她的計畫之內嗎？

雖然她說「結束」的那天就快到來，但目前依然未能掌握那兩名赤瞳者的行蹤，要怎麼找到他們？整件事又要如何結束？

而蕭宇棠想要的結束，究竟是什麼？

蕭宇棠在四個小時後睜開眼睛，從沙發上坐起身。

「醒了？」譚曜磊正好將兩碗麵放到餐桌上，「我剛煮了麵，過來吃點吧。」

蕭宇棠神情恍惚，他以爲她沒睡飽，「妳還想再睡一下嗎？」

「不是，我好久沒有睡得這麼舒服了，一時以爲是在做夢。」她聲音低低的，像是怕驚擾了這場美夢。

譚曜磊心裡湧起一絲異樣的感覺。

好一會兒，他才辨識出那是疼痛。

「這幾年來，我居無定所，睡眠也很淺，老是害怕在睡過去之後，會發生什麼讓我措手不及的事。」蕭宇棠坦然吐露心聲，「得知史密斯老師被綁架後，我心亂如麻，他故意丟掉身上的追蹤器，爲了找到他，我花了不少時間。」

「他故意丟掉身上的追蹤器？爲什麼？」譚曜磊不解。

「爲了不讓我遭遇危險吧，他不希望我使用異能，不想我去救他。」蕭宇棠看向他，「昨晚你也看見了，我一度失控，差點就殺了那群人，他不想我變成這樣。」

譚曜磊還來不及細問，她便起身坐到餐桌前，拿起筷子吃了一口麵，臉上露出心滿意足的笑，「你煮的麵還滿好吃的。」

他看了她一眼，「史密斯是什麼時候知道妳是赤瞳者的？」

「他一直都知道。我先前說過，包含我在內，共有六個人接受了同一名第一型感染者身上的器官移植，成爲了第二型感染者，而史密斯的妻兒死於其中一名第二型感染者所引發的意外，所以當他查出吳德因一手策劃了那六場器官移植手術，她才是害妻兒喪命的罪魁禍首，以及世上還有其他赤瞳者的存在時，便決定來到德役。」

蕭宇棠暫時停筷，娓娓道來。

「當我逐漸查出自己身上的祕密，以及吳德因爲了得到我，害死了多少人，又是怎樣處心積慮讓我和家人分離，我決意從她身邊逃走，但是計畫失敗了，幸而史密斯及時出現，幫助我逃走，也告訴了我更多的眞相。爲了可能還會來到德役的其他赤瞳者，就算已被吳德因視爲眼中釘，史密斯仍選擇留在德役，直到吳德因下定決心除掉他。」

譚曜磊注意到一件事，蕭宇棠從頭到尾都沒有提及另一位關鍵人物。

爲什麼她對康旭容避而不提？康旭容現在人在哪裡？他還活著嗎？如果他還活者，這三年來，他怎麼會讓蕭宇棠孤軍奮戰？

然而譚曜磊目前並不打算觸碰這個話題。

這幾天蕭宇棠最好避免出門，譚曜磊打算獨自去趟超市，採購一些食材和生活必需品，「等等我會出去買點東西，妳有什麼需要的就告訴我。」

「要不要我一起去？」

「不用了，這幾天妳還是別出門比較好。」

「也對，身為怪物，還是少出現在人前。」蕭宇棠揶揄自己。

「妳不是怪物。」譚曜磊表情轉為嚴肅，「有些人只是有著人類的外表，所作所為卻是禽獸不如。與妳相比，他們還更像怪物。」

蕭宇棠看著他默不作聲，譚曜磊以為自己說錯了話，難得有些不知所措。

「過去也有人這樣清楚堅定地告訴我，說我不是怪物。」她嘴角輕勾，聲音輕得快要聽不見，「好懷念。」

這次換譚曜磊陷入了靜默。

出門前，譚曜磊叮囑蕭宇棠千萬別應門，電話響了也不要接，有事就打手機聯絡他。採買東西的途中，他發現自己三不五時就會留意手機是否響起，思緒也始終牽繫著蕭宇棠，一心只想盡快回去。

這樣的心情，他已經很久沒有過。

和蕭宇棠同屋相處幾天下來，譚曜磊感到頗為訝異。救出史密斯後，她像是卸下心上所有的壓力，不僅變得愛笑，話也變多了，偶爾還會展露出頑皮的一面。

就像有一天，葉霖臨時到附近辦事，順道過來家裡看他。

明明再三吩咐蕭宇棠待在房間，她卻還是偷偷溜出房門，故意在葉霖背後來回走動，看得譚曜磊心驚膽跳，只得努力控制住臉上的表情，深怕葉霖察覺異樣。

事後譚曜磊訓了她一頓，她不以爲意，仍舊笑臉盈盈。

久而久之，他不免好奇，會不會這才是她最眞實的性格？

而蕭宇棠自從吃過他煮的麵，爲他的手藝傾倒，之後的三餐，全都由他包辦。自女兒離世之後，這還是他第一次爲了另一個人下廚。

蕭宇棠住在譚曜磊家裡的第五天，兩人能聊的話題，也比過去還要深入不少。

「誰教你做菜的？」

蕭宇棠托腮坐在餐桌旁邊，看著譚曜磊將一盤切得很漂亮的水果端上桌，不客氣地逕自叉起一塊蘋果送進嘴裡。

「沒人教我，我從國中就得自己照顧自己，自然而然就學會了。」他輕描淡寫答道。

「你父母那時候就不在了？」

蕭宇棠問得直接，但他並不介意。

「嗯，他們在我很小的時候就去世了，我是在叔叔家長大的，但我叔叔也有三個孩子要養，沒有太多心思顧及我，等到高中畢業，我就搬了出去，一個人生活。」

「你和你太太是怎麼認識的？」

譚曜磊不意外蕭宇棠問起他妻子的事，既然蕭宇棠先前指定他接下護衛馮瑞軒的任務，她不可能沒調查過他，一定很清楚他的妻女發生過什麼，只是他始終不明白，她為何會找上他？

「我們是國中同學，從那時就開始交往了。」譚曜磊也沒想隱瞞，「我是個窮小子，她父親一直不怎麼滿意我。她懷孕時，我還在念大學，經濟上很拮据，但她依然肯嫁給我。有一段時間，日子過得很辛苦，但她始終無怨無悔地支持著我。」

「你女兒是叫小蒔對吧？當初她為何會選擇離開這個世界？」

果然，她什麼都知道。

「還能為什麼？當然是因為我害她失去了媽媽，她太過悲傷所致。」他淡淡地說。

「眞的是這樣？」

譚曜磊一愣，抬眼迎上蕭宇棠似有深意的眼神，心中微微一動。

沉默半晌，他才再次開口。

「大家都認為，小蒔是承受不住她媽媽過世的打擊，才會想不開，這也是我給其他人的說法。」他停頓了下，「但事實上，小蒔在她媽媽死後，很快就振作起來，甚至不在人前表露悲傷，並且時常鼓勵安慰我。直到有一天，她在學校和朋友起口角，朋友一氣之下，竟指責小蒔在媽媽死後，竟然還能夠笑得出來，根本是個冷血無情的人。當天下午，小蒔就在學校跳樓了。」

蕭宇棠臉上帶著悲憫，什麼話都沒有說。

「小蒔朋友的媽媽帶女兒過來，向我下跪道歉。看著那孩子悔恨不已的模樣，我知道這個陰影將會伴隨她一生，便也不忍再苛責她，我只能恨我自己，身爲父親，卻沒有發現小蒔內心有多痛苦，還天眞地以爲，她一如表面上那般堅強。我一點都不了解小蒔，對我來說，她就和我太太一樣，是被我害死的。從小到大，我什麼苦都吃過，也都撐過去了，唯獨這一次，我是眞的沒辦法了。」

譚曜磊看了眼蕭宇棠，「但妳是怎麼知道小蒔的死另有隱情？這件事我從未跟誰提過。難不成是妳之前在廢棄工廠要我碰觸妳的手時，一併從我的記憶裡『看見』的？」

「不是。」她搖搖頭，「其實，我有去你女兒的告別式上香，還是你親手把香交給我的。」

譚曜磊震驚地瞪大雙目，脫口而出：「怎麼可能？」

「是眞的，當時你太過悲傷，整個人猶如行屍走肉，我又戴著口罩，所以你才會對我一點印象也沒有吧。」蕭宇棠微笑，「你不是很疑惑我爲何會找上你？小蒔出事送醫那天，我人也在醫院，在走廊上與你擦身而過。奇怪的是，我明明沒有觸碰到你，那一瞬間你的記憶卻自動湧入我的腦海，這種情況前所未有。」

超乎超理的事太多，譚曜磊已經不知道自己該相信什麼了，他不發一語，只是看著蕭宇棠。

蕭宇棠接著說：「我後來推測，或許是你當時的悲慟過於強烈，才會我只是靠近你，就能『接收』到你的記憶。我對你起了好奇，於是前往參加小蒔的告別式，從你手中接過香時，我透過窺看你的記憶，得知小蒔的死與她的好朋友有關，然而當眾人將小蒔的死歸咎於你時，你卻不作解釋，將一切承擔下來，那時我便覺得，或許你將是我能夠託付的對象。」

「什麼意思？」

「救出那名年紀最小的赤瞳者之前，若我遭遇不測，就拜託你了。」

「我？怎麼可能？我甚至不知道那名赤瞳者是誰。」譚曜磊非常意外。

蕭宇棠卻很認眞，「你可以，當你見到她，就一定能認出她。」

譚曜磊愈聽愈如墜十里霧中，「只是因爲這樣，妳就認爲可以將這個重責大任交付給我？」

「詳情以後我會再跟你解釋，總之，這件事只能你來做了。」蕭宇棠口氣淡然。

「爲什麼說得好像妳一定會出事一樣？」譚曜磊胸口一緊。

「譚先生希望我死嗎？」

「如果希望妳死，我就不會跳進海裡救妳了。」

「即便我是赤瞳者？」

他僅停頓一秒便作出答覆：「即便妳是赤瞳者。」

蕭宇棠默然片刻，而後又說：「吳德因想必已經得知是我救走了史密斯，爲了誘出我，她可能會利用馮瑞軒，要請你多加留意了。」

「利用瑞軒？這話怎麼說？」

「你會不會覺得奇怪，爲什麼吳德因放心讓你一個人護送馮瑞軒回台中？若我眞要突襲，你不可能擋得了我。假使你是吳德因，你一心想除掉我，也認定我想傷害馮瑞軒，你會用什麼方式誘使我主動現身？」

譚曜磊思忖半晌，回答：「讓妳以爲有機可趁，引妳出現，再趁機動手。」

蕭宇棠點頭微笑，「答對了。」

「這沒道理，吳德因那麼呵護瑞軒，怎麼可……」譚曜磊猛然打住話，再次想起在得知超商發生地震後，吳德因劈頭就問他蕭宇棠是否出現在附近，而按照蕭宇棠的說法，也能解釋爲何吳德因從頭到尾都未對警方只派出他一人護衛馮瑞軒提出疑問。

蕭宇棠像是看穿了他心中所想，又補上一句：「否則以吳德因的手段，她大可將馮瑞軒藏起來，不讓任何人找到。」

「照妳這麼說，吳德因隨時可能令瑞軒陷入危險？」

「是，屆時她將聯合羅署長，部署更多警力對付我，加上我又從她手上救走了史密斯，吳德因很可能會因心急，而走上這條路。」蕭宇棠平靜地說：「我相信她是眞心疼愛馮瑞軒，過去她也非常疼愛我，可一旦我成了她的絆腳石，或背棄了她，她一樣能對我痛下殺手。如果利用馮瑞軒，就能剷除我這個心腹大患，對她來說很值得。吳德因是怎樣心狠手辣的人，你應該已經很清楚。」

譚曜磊陷入沉默，竟是無法辯駁。

「況且，若是犧牲掉馮瑞軒，就能保住最後兩名赤瞳者，吳德因絕對不會猶豫。」

他擰眉，「聽起來那兩名赤瞳者，對吳德因的意義不太一樣？」

「你說呢？」蕭宇棠笑得意味深長，接著伸手從旁邊的置物架上拿出一本繪本，換了個輕鬆的話題，「對了，我今天翻了下這本書，這是你買的？」

「這是沛然前陣子送我的耶誕禮物。」

「他爲什麼要送你這個？」她一臉好奇。

雖然譚曜磊也不明白確切的原因，但他還是將自己與夏沛然在台中二手書店的對話轉述一遍，以及夏沛然卡片裡寫著的那句話，順便提及葉霖也跟他聊過這個話題。

聽完，蕭宇棠問：「所以你不覺得自己是英雄？」

「當然了。」他苦笑，害死妻女的自己怎麼可能會是英雄？

「那我挺好奇，現實中有誰符合你認爲的英雄形象？」

聞言，他看著她，「妳想知道？」

「嗯，能被你視爲英雄的人，應該是很了不起的人物。」

「他們確實是很了不起。」譚曜磊低喃了句，「不顧自身安危，也要冒險從吳德因身邊救出你們的史密斯，還有康旭容，就是我眼中的英雄。」

蕭宇棠唇畔的笑意明顯消失了，目光落向桌面，過了很久才說：「你想見他嗎？」她沒說那個「他」是誰，但譚曜磊知道她說的是康旭容。

「如果有機會，我確實想見見他。」譚曜磊坦言。畢竟康旭容過去陪在蕭宇棠身邊那麼久，理當很瞭解赤瞳者，也很瞭解蕭宇棠，他很想就此與對方深聊。

「是嗎？」蕭宇棠不置可否，然後硬生生將話題轉開，「對了，繪本裡還夾著兩張電影票，快過期了，你不打算去看嗎？」

「最近發生太多事，一不小心就忘了……」譚曜磊解釋。現階段他哪有看電影的興致？只是不免辜負了韓宗珉的一番心意。

「不如我們今天一起去看？」蕭宇棠提議。

「今天？妳想看這部電影？」他嚇一跳。

「嗯，自從離開德役，我再也沒去過電影院了，也不知道未來還有沒有機會。」她澄澈明亮的雙眸看向他，「要是想低調些，那看午夜場怎麼樣？」

那雙眼睛裡透出的期待，讓譚曜磊無法拒絕。

午夜場次的影廳觀眾稀疏，還不到十個人。

電影開始後，兩人便專注在劇情裡，直到蕭宇棠冷不防被一幕駭人畫面嚇到，驚呼一聲，扭頭抓住了譚曜磊的衣袖。

迎上譚曜磊帶著稀奇的視線，她臉上難得出現一絲困窘。

「你爲什麼這樣看我？」

「妳是眞的被嚇到啊？」譚曜磊仍有些難以置信，蕭宇棠這個樣子，就和普通女孩沒有兩樣。

「這有什麼好懷疑的？難道你以爲赤瞳者天不怕地不怕？」似是覺得丟臉，她略帶不滿地嘟囔。

「坦白說，我確實這麼想，至少我以爲這點程度的恐怖不可能嚇到妳。」譚曜磊不禁失笑。

步出電影院後，他看見蕭宇棠佇立在夜風中，低頭盯著電影票根看。

似是察覺他的目光，她驀地抬頭與他四目相接，「譚先生，你要記好這部電影，最好把票根收藏起來。」

「爲什麼？」

「因爲這是一部會嚇到我的恐怖電影。」蕭宇棠似笑非笑，「如果我哪天忘了，請你幫我記住。」

儘管不明白她的用意，他仍點頭應下，不料蕭宇棠隨後又提出另一個匪夷所思的要求。

「我很不會繫圍巾，老是繫得很醜，你能不能幫幫我？」她將圍巾交給他。

圍巾繫得好不好看，有那麼重要嗎？譚曜磊一頭霧水，但他還是照做了。

他靠近她，輕輕將圍巾纏繞在她的脖子上，最後打上一個漂亮的結。

「對不起。」

他手上一停，望進她的眼中，「怎麼了？」

「我所做的事，總有一天會讓你恨我，並後悔跟我這種人扯上關係。」蕭宇棠眼神迷離，「可是我永遠不會後悔認識你，跟譚先生相遇，是我截至為止的人生中，最幸運的事之一。跟你在一起的這幾天，也是我很久不曾有過的快樂時光，謝謝你。」

譚曜磊喉嚨發乾，一股異樣的感受如同浪潮般，一波波朝他席捲而去。

有那麼一刻，他有種衝動，想張開雙臂將眼前那人擁入懷中。

「為什麼忽然說這些？」

「因為對我來說，譚先生也是英雄，是你讓我重新擁有還能再去信任一個人的心。我想將最真實的心聲傳達給你，不想讓自己有遺憾。」她輕輕一笑。

回程的路上，蕭宇棠臨時說要去超商買東西，要譚曜磊在車上等她。

但他卻沒能等到她回來。

她就這麼一聲不響地走了。

之後不管譚曜磊打多少通電話過去，蕭宇棠始終未再接起。

譚曜磊不明白蕭宇棠那晚對他說的話究竟是什麼意思，也不確定她忽然不告而別，是不是與夏沛然接下來的行動有關。

才又想起這件事，他的手機就響了。

譚曜磊心臟重重一跳，迅速拿起手機查看，發現雖然不是蕭宇棠，卻也是他此刻想要聯絡的對象。

「譚叔叔，你現在方便嗎？能不能請你開一下視訊？」夏沛然問。

「好。」他不假思索按下視訊鍵，手機螢幕裡出現一座泳池，泳池畔聚集了一群穿著德役制服的學生。

「瑞瑞學妹今天和游泳隊的隊員有一場友誼賽，機會難得，想讓譚叔叔也看一看。」夏沛然將鏡頭對準泳池裡的一名選手，「是不是很厲害？她看起來就像美人魚一樣對吧？」

譚曜磊透過螢幕，看見馮瑞軒抵達泳池另一端的同時，立即轉身雙腳往池壁一蹬，俐落地折返，她速度飛快，泳姿優美，旁人也多在爲她大聲加油打氣。

「瑞軒加入游泳隊了？」譚曜磊很意外，他以爲馮瑞軒會因過往的陰影，再也不願踏入泳池。

「沒有，她純粹是要答謝韓宗珉平常幫她不少忙，才答應與游泳隊切磋。起初她很排斥再和游泳扯上關係，但最近發生了許多事，她的想法慢慢有些改變，不再把自己封閉起來。」

「那是因爲有你陪在她身邊吧？是你幫助她走出過去的陰影。」譚曜磊感性地說。

「哎唷，沒這回事，這都是瑞瑞學妹自己的努力。我只是讓她知道，只要有了不惜一切都想要守護的對象，自然會努力讓自己變得強大。我相信譚叔叔一定也能明白這種心情吧？」

譚曜磊腦海中冷不防浮現蕭宇棠的面孔，下意識衝口而出：「沛然，你……」

但他隨即打住話，他不確定此刻直接詢問夏沛然蕭宇棠身在何處是否合適。

「譚叔叔，請放心，最重要的時刻即將到來，你可以準備拭目以待了。」夏沛然笑著說：「那我先掛了，拜拜。」

結束通話後，譚曜磊還沉浸在夏沛然意味不明的話裡，夏沛然便又傳來了一張馮瑞軒奮力游泳的照片。

「是喔？那沒事，只要她沒有跟游泳扯上關係就好。」

「這個人心懷惡意，以別人的失敗爲樂，他想親眼看到瑞軒徹底跌入谷底，再也不能游泳。」

不知爲何，他竟同時想起韓宗玹和馮父分別說過的這兩段話，並莫名地微微感到不安。

是他多心了吧？

此時電視新聞台插播了一則快報，他不由得呼吸一窒，瞬間將那股不安拋到腦後。

在那名殺戮成性的赤瞳者慣於出沒的區域中，又出現倒臥在暗巷裡的焦屍，而且這次是兩具。

德役校園泳池畔，韓宗珉走到剛收起手機的夏沛然身旁。

「你在跟誰講電話？」

「朋友。」夏沛然瞥了眼他身上的制服，「你怎麼不下場？」

「我比較想看學妹比賽，看到她得到所有人的肯定，這是我一直以來的願望。」韓宗珉心滿意足看著眼前這一幕。

被游泳隊成員簇擁其中的馮瑞軒，容光煥發，笑容滿面。

她優秀的表現，讓眾人信服，游泳池絕對是屬於她的舞台，並不吝爲她送上掌聲和讚美，不斷說服她加入游泳隊，巨大的熱情幾乎令她招架不住。

「既然你的願望實現了，那麼你也幫我實現一個願望吧。」夏沛然冷不防說。

「什麼願望？」韓宗珉疑惑地望過去。

「今天早上，瑞瑞學妹告訴我，這學期結束，她就要轉學回台中了。」夏沛然投下震撼彈。

「什麼？」韓宗珉失聲大叫，「怎麼會？你不是在開玩笑吧？」

夏沛然瞪他一眼，「誰開玩笑了？不信你去問她。瑞瑞學妹好像已經從過去的陰影走出來了，加上她以前喜歡的對象也聯繫上她，她便動了回台中的念頭。她說，她發現自己還是很喜歡游泳，不想放棄，也想要跟那個男生在一起。」

韓宗珉呆若木雞，半晌才慢慢垂下肩膀，「這是好事啊，不管怎麼說，她能夠克服心理陰影，我們該要為她高興……」

「你想當好人，我可不想。坦白說，我非常不爽！」夏沛然冷哼一聲，「我們對瑞瑞學妹這麼好，幫了她那麼多，結果她喜歡的男生一說希望她回去，她便毫不猶豫棄我們而去。也許你不在意被她當工具人，但我可不。我長這麼大，第一次被人如此耍弄，我無法忍受這種屈辱。」

「你別這樣啦，她應該沒這個意思。」韓宗珉急著替馮瑞軒緩頰，「而且你再生她的氣又能怎麼樣？總不能阻止她回台中吧？」

「能不能怎麼樣是我說了算，不是你。」夏沛然語氣冰冷，眼神陰鷙，「韓宗珉，你是不是得感謝我讓你看清馮瑞軒這個女生有多現實？況且今天她如你所願下場比賽，我多少也算有點貢獻，要你幫我實現一個小小的願望，不過分吧？」

面前的夏沛然像是換了一個人，陌生得可怕，韓宗珉心中浮現不祥的預感，他支支吾吾地問：「你、你想要我做什麼？」

「很簡單，你生日那天剛好是結業式，瑞瑞學妹本來打算結業式那天提早回台中。你以辦慶生會爲藉口，約她那天下午五點，去到第三區教學樓的音樂教室。我打聽過了，向來保護她的校長將在結業式前一天出國，而且第三區離警衛室很遠，就算察覺不對，警衛也無法立即趕到。」

「喂，夏沛然，你究竟想幹麼？」韓宗珉慌了，「你該不會想對她做什麼不好的事吧？」

「緊張什麼？我只是想跟她開個無傷大雅的玩笑而已，不會弄出人命的。」夏沛然笑容可掬，拍拍他的肩膀，「那就交給你了。」

夏沛然離開後，換下泳裝的馮瑞軒來到韓宗珉身旁，東張西望了下。

「學長，怎麼只有你一個？夏沛然學長呢？」

「呃……他……他臨時有事先走了。」韓宗珉努力扯起一抹笑，盡量讓自己的語氣維持自然，「學妹，雖然現在問這個有點早，但下學期校慶的時候，游泳隊有活動，我可以邀請妳來參加嗎？放心，我不會逼妳游泳的。」

馮瑞軒先是一愣，隨即露出爲難的表情，略微別過眼，「那時候……我可能不太方便。對不起。」

所以夏沛然說的是眞的？馮瑞軒下學期就不在德役了？韓宗珉把馮瑞軒的反應與夏沛然所言在心中兩相對照，這才眞正信了馮瑞軒將要轉學。

「好吧，那就算了，不過結業式那天，剛好是我生日，我和夏沛然說好要留在學校慶生，妳也一起來好嗎？」

「好呀，沒問題。」她一口答應。

「太好了，我和夏沛然約下午五點，妳能不能四點就先過來？我有重要的事要跟妳說，地點我再通知妳。」

「什麼事呀？」

「是關於夏沛然的事，也牽涉到妳。」韓宗珉舔了下乾澀的嘴唇，「還有，先不要讓他知道我約妳提前過來，好嗎？」

「我明白了，我四點就會先過去。」

韓宗珉鬆了一口氣，兩人就此道別。

回到宿舍後，馮瑞軒接到夏沛然打來的電話。

「那個傻瓜跑去邀妳了嗎？」

馮瑞軒莞爾一笑：「是啊，他要我提前一小時到，說有重要的事要跟我說。」

「非常好，那我也會提前到，我等不及看到他氣得歇斯底里的樣子了。」夏沛然哈哈大笑，滿意地掛掉電話。

馮瑞軒握著手機陷入了沉思，她發現自己似乎愈來愈看不清夏沛然這個人了。

那天在天台上，夏沛然要她配合他，在韓宗珉生日當天惡整他一頓。

夏沛然計畫，讓韓宗珉誤以為馮瑞軒將要離開德役，夏沛然因而由愛生恨，打算對她展開報復。馮瑞軒擔心這麼做會不會太過火，夏沛然卻不以為意地表示，比起生日驚喜，生日「驚嚇」絕對更令人難忘。

不過，令馮瑞軒感到古怪的，卻是另一件事。

夏沛然細述過整人計畫後，又交給她一封信，請她代為在下週三晚上轉交給她的「那個神祕友人」，並要她絕對不能偷看。

馮瑞軒才接過信，夏沛然卻突然抱住她，低聲在她耳邊說了一句話，又立刻鬆開了她。

那句話他說得含糊不清，她甚至不確定自己是不是真的聽到了那句話。

他說：

「我很抱歉。」

✦

時間很快來到德役結業式那天，早上結業式結束後，學生們便陸續離校，返家迎接寒假。

原本熱鬧的校園，到了下午已然轉爲冷清，所處位置略爲偏僻的第三區教學樓更是人影全無。

下午三點四十五分，馮瑞軒拎著生日蛋糕前往教學樓，途中接獲夏沛然來電。

「學長，我在路上了，你到了嗎？」

「我到了，我先在一樓上個廁所，妳直接去音樂教室，我晚幾分鐘再過去，我會躲在教室外面，偷偷把韓宗珉被耍的整段過程全都錄下來。」夏沛然的話聲帶著毫不掩飾的愉悅。

「我知道了。」馮瑞軒失笑，結束通話後收起手機，加快了行走的速度。

而上完廁所的夏沛然，嘴裡輕鬆地哼著歌，走到洗手台前，不經意地從鏡子裡瞥見，一道人影如鬼魅般倏地出現在他的身後。

他還來不及看清對方的面容，頭部便遭受鈍物重擊，頓時眼前一黑，暈了過去。

那人確認倒在地上的夏沛然不醒人事後，旋即將廁所大門反鎖關上，從容離去。

吳德因出國前特地聯絡譚曜磊，請他開車送馮瑞軒回台中，譚曜磊一口應下。

譚曜磊推測，從吳德因這個舉動看來，羅署長應該沒有告訴她，自己曾暗中相助蕭宇棠，約莫是羅署長自知警方抓捕蕭宇棠的過程中有瑕疵，才會連對與他有合作關係的吳德因，都絕口不提。

✦

德役結業式當天，譚曜磊打電話給馮瑞軒，約好隔天早上九點去接她，在掛掉電話之前，馮瑞軒還說，今天剛好是韓宗珉的生日，等一下她和夏沛然會在學校爲他慶生。

韓宗珉的生日……

譚曜磊心念一動，又拿起手機撥通了另一通電話。

「譚先生，好久不見了，忽然打過來有什麼事嗎？」韓父很快接起。

「其實也沒什麼大事，聽我認識的那個孩子說，今天是宗珉的生日，所以也想跟宗玹說聲生日快樂，他在嗎？」

「他在。你人眞好，居然爲這事專程打來。」韓父頓了下又說：「宗珉大概明天就會回來了，我沒想到他會突然決定離開德役。」

「宗珉要離開德役？」譚曜磊很意外。

「是啊，他在期末考前打電話給我，說想回台中念書，連轉學申請都提交出去了。我和他媽媽聽了都很高興，畢竟……啊，宗玹從房間出來了，我把電話給他。」韓父也不把話說完，便將話筒交到了韓宗玹的手上。

「嗨，譚叔叔。」

「嗨，宗玹，今天是你的生日吧？生日快樂。」

「謝謝，雖然我對過生日沒興趣，但叔叔特地爲此打電話過來，還是挺讓人感動的。」

譚曜磊莞爾一笑，「對了，剛才我聽你父親說，宗珉突然決定要回台中念書。你知道原因嗎？」

「老實說，我不知道原因，也不是很在乎。」大概是顧及父親還在身旁，韓宗玹說得很小聲，「不過，我覺得有人很可能會因爲他而出事。」

「這是什麼意思？」譚曜磊不解。

少年沒有解釋，只嘆了口氣：「說了你也不會信。」

「別這麼說，我想聽聽你的想法。」

譚曜磊的誠懇軟化了韓宗玹的態度，他操作電動輪椅回房，繼續這通未完的電話。

這通電話前後歷時不到二十分鐘，卻完全顚覆了譚曜磊對韓宗珉的認知。

韓宗玹斬釘截鐵地表示，韓宗珉的眞實性格，一點也不像表面上那樣單純無害，他非常有心機，也非常殘酷無情。

據韓宗玹所言，韓宗珉原本對德役這所頂級私校沒有太大的興趣，只是他在國三那年，對同班同學犯下了等同毀掉對方一生的罪行，才會選擇遠走高飛，前赴德役就讀。

這對雙胞胎國中三年始終同班，並皆與班上另一名男同學交好，三人都是相當出色的游泳健將，而那名男同學更是數一數二的游泳天才，曾遠赴國外比賽獲獎，前途一片看好。每個人都深信，未來他必定能成爲奧運選手，爲國爭光。

然而這樣的他，卻被爆出服用禁藥，尿檢結果也證實了這一點。原本是天之驕子的他，頓時淪爲人人喊打的過街老鼠，最終不得不轉學，舉家搬走，更從此在泳壇上消聲匿跡。

大眾再次從新聞上得知他的消息，是在過了半年之後，他不僅吸毒，還涉入販毒，整個人形容枯槁，面目全非，再也看不出過去的意氣風發。

這位游泳天才的落入泥沼，當時曾令國人不勝唏噓，譚曜磊也印象深刻，但他怎樣也沒想到這件事會與韓宗珉扯上關係。

韓宗玹十分肯定地表示，以好友的實力，根本沒有必要服用禁藥。事發之後，他想起賽前幾天，韓宗珉對好友出乎尋常地關懷，連運動飲料都是韓宗珉特地準備的……

他曾爲此質問過韓宗珉，韓宗珉卻矢口否認，辯稱與自己無關，由於沒有證據，韓宗玹只能選擇相信韓宗珉，況且在他內心深處，也確實不願懷疑弟弟會做出這種事。

直到某一天放學，兩人一同返家途中，韓宗玹爲了救下一個闖紅燈的小學生，遭疾駛而過的貨車輾過雙腿，在他痛得將要昏厥過去的前一刻，韓宗珉來到他身邊蹲下，臉上竟浮現由衷的笑意……

儘管當韓宗玹在醫院醒來後，韓宗珉表現得很關心他，也很照顧他，但他怎麼都忘不了昏迷前看見的那一幕，他愈來愈覺得，自己的弟弟很可能並不是他以爲的那樣。

好友服用禁藥一事眞的與韓宗珉無關？爲什麼韓宗珉在賽前會一改常態，那麼積極地爲好友準備運動飲料？韓宗珉是不是把禁藥分批微量加入在飲料中，好讓好友毫無所覺地飲下？

韓宗玹把這些懷疑告訴父母，但他的父母當然不信，認爲他是無法接受再也不能游泳的打擊，才將怒氣發洩在弟弟身上，而他苦無證據，也只能暫時不與父母爭辯。

相較於韓宗珉，韓宗玹和那名好友在泳壇上的表現更傑出，也更有機會能進入德役就讀，結果最後踏入德役校門的，卻是韓宗珉。

韓宗玹原以爲，弟弟是因爲太想搶到進入德役的名額，才會做下錯事。

可韓宗玹後來仔細回想，弟弟向來喜歡接近那些有才華的人，卻又在他們跌落谷底後與他們疏遠。他更是對相關的新聞特別感興趣，每當出現類似的報導，他總全神貫注地觀看，收集那些曾經站在神壇上的人的故事和成績，並且一遍又一遍地觀看他們失敗的過程——韓宗玹後知後覺地恍然大悟，原來韓宗珉打從心底享受著這樣的悲劇，對別人的苦痛完全不在乎，哪怕那個人是自己的摯友，甚至是親哥哥。

聽到這個結論，譚曜磊怔忡許久，好一會兒才找回自己的聲音，「……你有什麼具體的證據嗎？」

「沒有，不過我又想起一件往事。小學六年級的時候，我和韓宗珉都很喜歡一位游泳國手，有次對方在國際比賽奪冠，韓宗珉卻冒出一句：如果哪一天，他發現自己再也不能游泳，不曉得會如何？」

譚曜磊啞口無言，但心中還是覺得，韓宗珉這句話，有沒有可能並非出於惡意……

「韓宗珉會有這樣的念頭，並非出於嫉妒，只是喜歡看到天才站上高位後再狠狠摔落，尤其是游泳選手，他甚至會在暗中出手促成，藉此滿足自己變態的慾望。他在德役也參加了游泳隊對吧？他很有可能將要再次對其他出色的游泳選手下手，然後迅速抽身離開，否則我實在想不出爲何他會突然提出要轉學回到台中。」韓宗玹語氣沉重。

聞言，譚曜磊頓時如墜冰窟，韓宗玹口中描述的韓宗珉，與寄騷擾信給馮瑞軒的犯人……想法竟是不謀而合。

韓宗珉就要轉學了，而方才馮瑞軒在電話裡說，她和夏沛然今天要幫韓宗珉過生日，難道韓宗珉打算藉機對馮瑞軒不利？

譚曜磊匆匆結束與韓宗玹的通話，改撥給馮瑞軒，只是鈴聲響沒幾聲就被硬生生切斷，再也打不進去，而夏沛然的手機也無人接聽。他愈來愈忐忑不安，決定親自去一趟德役。

這時，蕭宇棠傳了訊息過來。

「德役高中部第三區教學樓音樂教室，馮瑞軒和那名危險的赤瞳者就在那裡。」

看完訊息，他找出藏在衣櫃裡的手槍，奪門而出，用最快的速度驅車前往德役。

✦

下午四點，馮瑞軒準時來到音樂教室，韓宗珉已經坐在教室裡等她。

「學妹，妳來了？」韓宗珉從座位上起身。

「嗯，希望你喜歡這個蛋糕。」她把裝著蛋糕的提袋遞過去。

「哇！謝謝。」韓宗珉伸手接過，小心翼翼地放到一旁，拿起桌上的一杯珍珠奶茶給她，「我也買了珍奶給你們，這家非常好喝。」

馮瑞軒接過珍奶喝了一口，由衷讚道：「眞的好好喝。」

「我就知道妳一定會喜歡！」說完，韓宗珉神色卻忽然轉爲緊張，「學妹，要妳提前過來是想跟妳說，夏沛然爲了妳要轉學，非常生氣，他覺得自己被妳耍了，逼我藉著過生日的名義約妳過來，打算對妳展開報復。我怕他會做出什麼傷害妳的舉動，妳還是趁現在趕快離開吧。」

此刻夏沛然應該已經躲在教室外面，錄下韓宗珉憂心忡忡的模樣了吧？一想到這裡，馮瑞軒有些過意不去，準備告訴他眞相：「學長，其實……」

不料，她卻驀地眼前一黑，瞬間失去了意識。

不知道過了多久，馮瑞軒勉強撐開眼皮，連眨了幾下，模糊的視線才逐漸轉爲清晰，她發現自己躺在音樂教室的地上，卻無力爬起。

「奇怪？妳怎麼醒了？」韓宗珉走到她身旁蹲下，神色訝異，從口袋掏出一個小瓶子，仔細端詳上面的標籤，「不是說至少會昏迷一個小時嗎？難不成賣給我的是瑕疵品？嘖嘖，眞可惡。」

馮瑞軒頭痛欲裂，喉嚨又乾又熱，四肢乏力，連一根手指都抬不起來，「……你對我做了什麼？」

「妳醒得太快了，破壞了我原本要拿夏沛然當替死鬼的計畫。」韓宗珉搖頭嘆氣。

聞言，她這才想到理應躲在教室外的夏沛然。

「夏沛然學長呢？」

「早被我打暈了，還在一樓廁所裡躺著呢。」韓宗珉笑嘻嘻地說：「是學妹告訴他，我約妳提前過來吧？也不知道他在想什麼，他居然主動跟我說，他也要先過來，我只好埋伏在一樓，找機會處理掉他。」

夏沛然主動告訴韓宗珉說他也要提前過來？爲什麼？

不是說好要瞞著韓宗珉嗎？

馮瑞軒百思不得其解，但她更不明白，爲什麼韓宗珉會突然變成一個她完全不認識的人？

「你……爲何要這麼做？」馮瑞軒顫聲問。

「誰叫學妹妳忽然決定一走了之。我很高興妳走出過去的陰影，沒有放棄游泳，我眞的好高興，但妳不能回台中啊，要是讓妳在我看不見的地方繼續發光發熱，那樣我會很困擾的。既然那天妳和游泳隊進行友誼賽時，在場所有人都見證了妳的耀眼與才能，我就想，乾脆把那天當作是妳人生的巔峰時刻，接下來，妳就該要墜落了，然後再也不能爬起來。」韓宗珉振振有詞。

「你到底……在說什麼？」馮瑞軒一陣驚悸。

「妳還聽不懂嗎？我不是把這個想法寫在信裡告訴過妳嗎？我希望妳能爬上巔峰呀，這樣當妳跌下來的時候，才會眞正的粉身碎骨，我就是爲了親眼目睹這一刻，才那麼努力親近妳呀。」

馮瑞軒恍然大悟，「那封騷擾信是你寫的？」

「是啊，我第一次看到妳參加游泳比賽時，就想這麼做了，可惜妳後來退出泳壇，讓我好失落。不過，幸運之神還是眷顧著我的，當我再次在德役見到妳，我就告訴自己，這次一定要把握機會。雖然一開始進行得不是很順利，妳老是不肯再與游泳扯上關係，多虧了夏沛然這傢伙，誤打誤撞助我一臂之力。」

一把怒火自馮瑞軒心底竄起，她咬牙切齒道：「你這麼做，難道不怕後果？」

「有什麼好怕的？我敢這麼做，自然早有準備。」韓宗珉撇撇嘴，「我已經用手機錄下了夏沛然先前與我的對話，包括他說要對妳不利，以及我的出言勸阻；另外，我也錄下了剛才我和妳的對話，我不是有要妳趕快離開嗎？有了這兩段錄音檔，任誰都會相信是他加害於妳，而我是無辜的吧？」

「妳心裡一定會想，難道身爲受害者的妳不會向警方說出眞相嗎？放心，我沒想要殺妳，殺了妳不能讓我快樂，奪去妳游泳的能力與資格才能。妳覺得讓妳毒品成癮怎麼樣？這樣的人還怎麼能繼續在泳壇發光發亮？」韓宗珉得意洋洋地講述自己的計謀，「我爲妳準備了冰毒，冰毒是毒品之王，只要用過一次便會成癮，一旦使用過量，可能還會出現一些幻聽、幻視、被害妄想等精神症狀，也會讓妳身體受損。即使妳事後說出眞相又如何？妳根本沒有證據，而且一個受了毒品的影響，記憶錯置、神智不清的人說的話可以相信嗎？」

一陣手機鈴聲倏地打斷韓宗珉的長篇大論。

他用戴著醫療手套的手，從馮瑞軒外套口袋取出手機，瞄了一眼後直接掛斷關機。

「是譚叔叔打來的。」他站起身，動動脖子，伸展一下筋骨，拿起準備好的針筒，

「時間差不多了，再不快點，夏沛然就要醒了，還是乾脆我再下去給他兩下，讓他多躺個兩小時呢？哈哈。」

此時的馮瑞軒，心中沒有一絲懼怕，有的只是全然的憤怒。

讓她無法忍受的，不是韓宗珉所對她做的事。

而是他竟然敢傷害夏沛然。

那團怒火很快將她的理智燃燒殆盡，一心只想著要讓眼前這個人付出代價，一股熟悉的力量從她的四肢百骸湧出。

傷害夏沛然的人，不管是誰，她都不會放過。

聽到窗戶傳來一聲震動，韓宗珉側頭望去，未發現異狀，然而當他收回視線，卻見本該全身虛軟無力的馮瑞軒竟坐了起來。

「不可能！妳怎麼能動？」韓宗珉失聲道，下一秒他面色刷白，驚懼地瞠視著馮瑞軒的眼睛。

馮瑞軒睜著一雙血色的眼瞳，目不轉睛地注視著他，像是一頭緊盯獵物的凶獸。

那雙眼睛裡滿溢的狂怒，令韓宗珉全身寒毛直豎，不由自主倒退一步。

隨後地面開始劇烈搖晃，教室的玻璃窗也出現大片網狀裂紋。

馮瑞軒扶住身旁的置物櫃，企圖站起，韓宗珉急得抓起櫃子上的花瓶，衝上去朝她的前額用力砸落。

馮瑞軒被砸回了地上，雙眼緊閉，方才的異狀即刻停止。

韓宗珉餘悸猶存地觀察著馮瑞軒，不敢靠近，兀自喃喃道：「……剛才是怎麼回事？妳是什麼怪物嗎？」

見馮瑞軒眼皮微微一動，尚未完全昏厥，他一時驚慌，舉起花瓶又要再次砸落，卻瞥見有個人從教室前門走了進來。

韓宗珉看著那個穿著黑色連帽外套的人影逐步朝他逼近，舉著花瓶的手僵硬地停在半空中。

「搞、搞什麼？你是……」他的話硬生生被截斷，喉嚨再也發不出任何聲音。

韓宗珉臉色鐵青，手上一鬆，花瓶掉在地上應聲碎裂，他舉起兩隻手在自己面前胡亂揮舞，明明有人掐住了他的脖子，他卻看不見那雙手，也抓不著。

接著，他雙腳離地，整個人像是被緩緩往上提起。

當他的頭頂快要碰上天花板，那雙無形的手大力將他一甩，他的身軀先是撞飛了教室後方的垃圾桶，再重重落在地上。

韓宗珉渾身癱軟，無法爬起。

那人並未就此放過韓宗珉，一雙赤紅色的眼眸，冷冷地定在他的身上。

下一秒，韓宗珉整個人再次被高高上提，疾速破窗而出，漂浮在教學樓之外。

譚曜磊一抵達德役，馬上去到警衛室，表示警方接獲通報，疑似有學生在高中部的第三區教學樓出事。幾名警衛認出他是吳德因安排護送馮瑞軒回家的警官，也不囉唆，連忙與譚曜磊一同前去查看。

當他們快接近教學樓時，一名警衛抬手指向高處，驚恐大喊。

「我的天，你們看，那是人嗎？」

其他人定睛望去，有個人影竟漂浮在五層樓高的教學樓外側。

譚曜磊冷不防倒抽口氣，還來不及看清楚那人的面容，那人竟似被一根無形的繩索扯進了教學樓五樓的一間教室裡。

「上面很可能不安全，我先上去。」譚曜磊吩咐警衛們留在原地，獨自爬上教學樓的樓梯，直奔五樓那間教室。

儘管韓宗珉意識有些昏昏沉沉，卻還是知道，自己被那雙無形的手高掛在教學樓外的半空中。

他心中充滿恐懼，淚水不斷湧出。

那人完全有能力殺了他，卻像是在戲耍般，恣意折磨著他，要他嘗盡生不如死的滋味。

韓宗珉已經數不清這是第幾次了，自己像個提線木偶般，又被那雙無形的手從教學樓外扯回教室裡，重重撞上牆壁。

只是這一次他的鼻梁斷了，臉上血流如注，終於徹底暈了過去。

韓宗珉的身軀在乾淨的白牆劃下了數道觸目驚心的血痕。

看著這一幕，早已恢復意識的馮瑞軒不由自主發抖，她猜到了那人接下來要做什麼。

她想要叫他住手，然而那人已然沉浸在殺戮的快感裡，根本聽不見她的聲音。

他準備給韓宗珉最後一擊，讓他被火焰吞噬。

這時有人衝進教室撲向那名赤瞳者，趁那人沒有防備，施展擒拿術將他壓制在地。

「好了，到此為止。」頭上血跡斑斑的夏沛然，一手按壓住那名赤瞳者的後頸，一手將他的雙手緊扣在背後，「你似乎很喜歡這樣玩，這可不是什麼好興趣喔。」

馮瑞軒目瞪口呆，玻璃的爆破聲從四面八方傳來，整棟教學樓再一次天搖地動。

被飛濺的玻璃碎片割破臉的夏沛然，絲毫不為所動，厲聲喝斥：「你不想活了嗎？再繼續這樣使用能力，你就真的完了。不想完全變成怪物，就立刻給我停止。」

那名赤瞳者完全不把夏沛然的警告當一回事，扭頭瞥了眼夏沛然，夏沛然的兩隻手和整片胸膛頓時轟然起火，馮瑞軒不禁發出驚叫。

夏沛然裸露在外的皮膚很快能看出燒傷，然而他卻面不改色，彷彿一點也感覺不到疼痛，還能敏捷地將那名赤瞳者翻過身，對準他的腹部狠揍一拳。

那名赤瞳者竟像是驚呆了，一時忘了反擊，陸續又挨了夏沛然好幾拳，被打得倒在地上，站不起來。

接著夏沛然逕自奔至走廊上的洗手台旁，打開連接著水管的水龍頭，舉起水管澆熄身上的火焰。

馮瑞軒吃力地扶起那名身材瘦小的赤瞳者，踉蹌步出教室，譚曜磊也正好抵達五樓，他反射性地掏出手槍，瞄準那名有著一雙紅色眼睛的男孩。

馮瑞軒見狀，驚恐大喊：「不要開槍！譚叔叔，求求你不要殺他！」

譚曜磊凝神打量走廊上形容狼狽的三人，馮瑞軒和那名赤瞳者儘管身上帶傷，看上去應該沒有大礙，傷勢最嚴重的是夏沛然，他上半身的衣服被火燒得破破爛爛，兩隻手出現二度到三度燒傷。

夏沛然卻神態如常，若無其事地笑著對他說：「譚叔叔，你來得正是時候，教室裡還有個急需就醫的現行犯。」

譚曜磊震驚地看著夏沛然，以及馮瑞軒拚命護在懷裡的那名男孩。

蓄意殺害將近十人的那名赤瞳者，名叫王定寰。

是名年僅十二歲的男孩。

傷勢輕重程度不一的四個孩子，全被送至吳德因安排的醫院治療。

由於天候因素，吳德因無法及時從國外搭機返回，原本打算請專人照料馮瑞軒和王定寰，不讓其他外人接近，但在馮瑞軒的堅持下，特別破例允許譚曜磊出入兩人的病房。

譚曜磊想起蕭宇棠說過，吳德因可能會讓馮瑞軒陷入險境，逼她現身，但這次的事與吳德因並無關聯，純粹是韓宗珉的個人所為。

全身多處骨折、內臟破裂的韓宗珉，雖然幸運撿回一命，但未來即使康復，也將無法再進行任何運動活動，包括他最熱愛的游泳，且警方已握有他對馮瑞軒施打麻醉劑和毒品的相關證物，將有司法調查與刑罰等待著他。

馮瑞軒的父母相當震驚，卻也慶幸女兒沒有受到更多的傷害，兩人完全無法想像，看起來那樣溫和善良的韓宗珉，竟會做出如此可怕的事。一得知消息，馮母便趕來台北就近照顧女兒。

馮瑞軒和王定寰住在同一間病房，門口有警衛看守，未經允許者不得入內探訪。也不知道爲什麼，明明傷勢輕微，王定寰卻像是陷入了昏迷，睡了一個晚上依然未醒。

發現馮母認識王定寰，譚曜磊很意外，一問之下才知，原來他是吳德因收養的孩子，吳德因曾帶他去過馮瑞軒的家中。

「這孩子很可憐，他罹患先天性心臟病，也做過心臟移植手術。本來是外婆在照顧他，只是他外婆很早就去世了，他被爸媽接回身邊，但他爸媽根本不管他，甚至還會虐待他，後來兩人陸續死於意外，德因阿姨便收養了他。」馮母臉上帶著同情。

「王定寰的父母是怎麼去世的？」譚曜磊問。

「據說是他媽媽開車出門，車子突然起火，失控撞上山壁，人就這麼走了；至於他父親，是在三年前出的事，有天晚上他父親喝醉酒，疑似在客廳抽菸，菸灰掉落在布沙發上，釀成火災，最後只有定寰僥倖逃生。」

「他母親的車子爲什麼會突然起火，有查出原因嗎？當年定寰幾歲？」

「好像才七歲。至於車子起火的原因，我就不清楚了。」馮母搖頭。

譚曜磊陷入了沉思。

從馮瑞軒接受肺臟移植手術的時間來看，王定寰應該是在三歲左右做心臟移植手術，倘若這兩場火災……都是王定寰引發的，這就表示他的能力不但覺醒得早，甚至小小年紀就已經能夠操控火。

爲什麼王定寰會忽然在這半年間頻繁地殺人？

此時一陣由遠而近的腳步聲打斷兩人的談話，上半身纏滿繃帶的夏沛然走了過來。

「哎呀，沛然，你怎麼不在病房裡好好休息？」馮母神色緊張，心中愧疚又心疼。

關於案情，馮母所知有限，並且只有部分屬實，她以為夏沛然是為了從韓宗珉手中救出馮瑞軒，才導致身上大片燒傷。

「馮阿姨，我沒事啦，我可以進去看看瑞瑞學妹嗎？」夏沛然用開朗的聲音問。

「當然可以。」馮母立刻點頭。

病房門口的警衛受過吳德因的囑咐，並未限制夏沛然入內探視，便側身替他打開房門。

坐在病床上滑手機的馮瑞軒，聽見開門的聲響，目光往門口的幾個人望了過來。

「學長、譚叔叔你們來了啊，快請進。」馮瑞軒輕聲說，「媽媽，我想喝現打的木瓜牛奶，妳可以去幫我買一杯嗎？」

馮母點頭答應，「好，那媽媽去買，你們慢慢聊。」

譚曜磊和夏沛然步入病房，並闔上門。

「譚叔叔，趁校長回來之前，我們三個人開誠布公地聊聊吧。」夏沛然微微一笑，「請你先把你知道的事情都告訴瑞瑞學妹，拜託了。」

譚曜磊愣然地看向馮瑞軒，儘管女孩的眼神略帶一絲不安，卻十分堅定。

他頓時明白，這孩子已做好心理準備迎接眞相了。

於是他拉了把椅子坐到病床邊，向她詳述與赤瞳者相關的一切，以及他早就看出她也是一名赤瞳者。

譚曜磊邊觀察馮瑞軒的神色邊說，當年吳德因蓄意安排讓包括她在內的六名孩童，接受器官移植手術，以感染紅病毒，獲得那些駭人的危險力量，再處心積慮接近他們，打算永遠將他們占爲己有；以及爲了隱匿他們這六名赤瞳者所引發的傷亡與事故，吳德因又是怎樣與政府高官勾結，隻手遮天，不惜犧牲眾多無辜的人命。

馮瑞軒有很長一段時間沒有吭聲，眼圈微微泛紅，卻一滴淚也沒掉。她的反應比譚曜磊預想的還要冷靜多了。

「雖然早就知道德因奶奶有事瞞著我，但我完全沒想到，眞相會是這樣……」馮瑞軒的聲音聽不出情緒，「不過，聽完譚叔叔說的這些，有些我一直想不通的事，很多都有了答案。」

「像什麼？」

馮瑞軒吞了口口水：「德因奶奶得知我擁有異能，還可能害死了游泳隊的老師和同學時，她不僅沒有用異議眼光看我，還給了我一種藥。」

「藥？」

「那種藥片的外觀是紅色的，德因奶奶說那是退燒藥，每當我體溫升高、情緒激動、能力湧現時，只要服用藥物，就能平靜下來。」馮瑞軒停了下，又說：「有一天，她帶定寰來見我，她說定寰和我一樣身負異能，情緒激動時，眼珠也會變成紅色，她希望我能將定寰視爲弟弟對待。當時我很震驚，原來不只有我會這樣。」

「與定寰漸漸相熟後，我發現他比我厲害多了，他不僅能憑空變出火苗，甚至臉還能變成他爸爸的樣子，用他爸爸的聲音說話，但身體其他部位仍維持原狀。後來我身上還出現了新的異能，只要觸碰到別人的皮膚，我就能『看見』對方的記憶。」

聽到王定寰能變換成他父親的面孔，譚曜磊便確定，王定寰應該是殺了自己的父親。譚曜磊驀地回想起，蕭宇棠曾要他別告訴其他人，她能「看見」他人的記憶，她說這是為了馮瑞軒。難道蕭宇棠早就知道馮瑞軒也擁有這種異能，所以不想讓吳德因聯想到這一點？

「這件事妳有告訴校長嗎？」譚曜磊問。

「沒有。」馮瑞軒搖頭，「德因奶奶好幾次摸著我的臉的時候，我都『看見』了一個小男孩，次數多到我實在好奇那個小男孩是誰，為什麼她在摸著我的臉的時候，腦中時常浮現與他有關的畫面，而且兩人互動親暱。於是我故意對德因奶奶說，我夢見了那個小男孩，並描述他的長相與穿著，德因奶奶卻表現出一副完全不知道那個小男孩是誰的態度。我想不明白德因奶奶為什麼要騙我，但我從此留了點心思，不再毫無保留地把所有事都告訴她……」

透過譚曜磊方才所言，馮瑞軒得知她「看見」的那個小男孩，其實是吳德因的孫子，也是將肺臟捐給她的人。

「所以妳是對校長起了疑心，想要從她身上找出更多蛛絲馬跡，才決定來到德役的吧？」夏沛然插話。

「對，她不僅不畏懼我的異能，還說我變成紅色的眼睛非常美麗，多次要求我在她面前施展異能，最詭異的是，只要她在那時觸碰我，我就能『看見』那個小男孩。」馮瑞軒又說：「除此之外，我來德役也是爲了定寰，我注意到他的性子變得愈來愈奇怪，很擔心他會做出什麼不好的事情，如果能離他近一點，我也好照看他。德因奶奶很早以前就想讓我去德役，但我不願與家人分開，以此爲由拒絕了她好幾次，若是我突然改變心意，她一定會覺得奇怪，所以我故意製造了幾次意外，讓她以爲我遭受不明人士襲擊，爲了自身安全，我才轉而改變心意。」

「那妳爲什麼想打聽宇棠姊？又是怎麼知道她的？」夏沛然很自然地換了對蕭宇棠的稱呼。

馮瑞軒也注意到了，她微微一愣，抿了抿唇，「我曾在德因奶奶的記憶中，『看見』兩個身穿德役制服的女生，德因奶奶好像很寵愛她們，其中一個女生長得特別漂亮，也最常出現在德因奶奶的記憶畫面裡。來到德役後，我偶然間聽見同學私下聊起蕭宇棠學姊的傳聞，說她國中和高中時的長相截然不同，不知道是不是去整容了。」

這個傳聞令馮瑞軒聯想到王定寰「變臉」的能力，她很快就找到蕭宇棠高中時期的照片，卻花了一番功夫才找到蕭宇棠國中時期的照片，而這兩張照片裡的蕭宇棠長相截然不同，正是她在吳德因的記憶中所看見的那兩個女生。馮瑞軒懷疑蕭宇棠也是異能者，本想找機會從吳德因身上「觀看」更多相關記憶畫面，卻被阻止了。

譚曜磊心中一凜，「妳被吳校長發現了？」

「不是，是史密斯老師。」馮瑞軒搖頭，看了眼夏沛然，「來到德役兩個月後，史密斯老師忽然要求我去找他，還是韓宗珉學長帶我去的。那時老師劈頭就問我，我擁有異能多久了？異能發展到哪個階段？是否對誰使用過異能？」

馮瑞軒說，當時她過於震驚，支支吾吾地避而不答，史密斯卻像是看穿了她的心思，要她不必害怕，表明自己是來幫她的，並要她提防吳德因。史密斯這番說法，與馮瑞軒的想法不謀而合，於是她決定賭一把，對史密斯坦然相告，甚至連她想更進一步窺探吳德因的記憶都說了。

史密斯阻止了馮瑞軒，並告訴她，現前她有其他更重要的事要做，她得先學會控制自身的異能，他會教她怎麼做，但她必須遵守三個條件。

第一，進入武術社；第二，不能再繼續服用吳德因提供的退燒藥物；第三，只能在武術教室使用異能。

一旦她違背約定，他便不會再見她，協議就此作廢。

「只能在武術教室使用異能？這是什麼意思？」譚曜磊問。

「武術社成員每天都得前往武術教室進行晨訓，老師表面上要我先學習靜坐，實則是要我學會如何精準控制異能，並以武術社的成員作爲練習對象。他要我在心中掌握每個人的動向，不讓他們被我迸發的能量所波及。剛開始我老是失敗，使得許多武術社成員，因我的控制不當而感到頭痛，有幾次我全身力氣耗盡，甚至昏了過去。」

譚曜磊聽著很心疼馮瑞軒，這個女孩默默承受著那些本來不該屬於她的痛苦。

「幸好努力過後，我還是有些進步。那是我開始練習的第四天，這次武術社三十幾個人裡只有五個人感到頭痛，我累得閉起眼睛倒臥在地上休息，老師在大家都離開後折返回來，蹲在我身邊對我說，我做得很好。」馮瑞軒緊咬下唇，淚意湧上，「老師不輕易讚美人，他自始至終都沒有將我視爲怪物，用心教導我如何不被自身的力量吞噬。我不想讓他失望，也一直遵守與他的約定。不料，我還是在超商失控了，老師知道後，立刻將我逐出武術社。」

馮瑞軒的眼淚終於忍不住落下，聲音也跟著浮現哽咽。

「要是我沒有在超商失控，德因奶奶也不會認定老師沒有能力協助我有效控制異能，既然如此，老師對她來說便徹底失去了存在的價值，所以她才會對他下手……」

「瑞瑞學妹，妳誤會了，事情並不是這樣的。」夏沛然打斷她的自責，「史密斯一直都知道校長的陰謀，也早就警告過校長，別陷全校師生於危險之中，否則他不會再坐視不管。他認爲妳其實已經掌握了控制異能的方法，那次在超商的失控只是意外。他是故意將妳逐出武術社的，他早就知道，當校長認定妳不再需要他時，便會有所行動，所以妳無須怪罪自己，他這麼做，全是爲了從校長手中救出妳和定寰。」

馮瑞軒很快淚流滿面，低聲啜泣。

「瑞瑞學妹，妳現在必須做出一個痛苦的抉擇。」夏沛然走到她身邊，柔聲說：「只要妳同意，我和譚叔叔會設法在校長回來前，讓妳帶著定寰去跟宇棠姊會合，但妳將就此與家人分離。爲了保護他們，妳得不告而別，什麼都不能讓他們知道。如果妳捨不得家人，不想離開，我們也不會勉強妳。」

馮瑞軒的表情從驚訝轉爲迷惘，久久未能出聲，直到她臉上的迷惘逐漸散去，足足過了五分鐘。

「我要留下來。」她含淚的眼睛堅定地望著夏沛然，「但是定寰必須離開，我不能讓他繼續留在德因奶奶身邊，他本性善良單純，是受到德因奶奶的影響，才會漸漸泯滅人性。譚叔叔剛剛說，德因奶奶把年紀最小的那名赤瞳者藏起來了，我得想辦法從她口中探問出那個孩子的下落。而且只要我留下來，德因奶奶就不會懷疑我有異心，自然也不會提防我，不是嗎？」

「瑞軒，這麼做太危險了。」譚曜磊忍不住勸阻。

「我想清楚了，誰知道我和定寰這一走，德因奶奶會不會利用她身邊僅存的那名赤瞳者，做出什麼更可怕的事？只要我告訴德因奶奶，定寰是自己從醫院溜走的，她應該不會起疑，畢竟定寰本來就行蹤不定，非我能掌控。」馮瑞軒纖細的手指揪緊了棉被，眼中盈滿悲憤，語氣卻異常冷靜，「譚叔叔、學長，我無法原諒德因奶奶的所作所爲，如果就這樣夾著尾巴逃走，我不會甘心。只爲了她的一己私慾，就讓這麼多人痛苦不堪，甚至無辜枉死，我一定要讓德因奶奶爲此付出應有的代價！」

「我明白了。」夏沛然嘴角漾起笑，「我會把妳的想法轉達給宇棠姊，再跟她討論何時帶定寰離開，到時再請妳從中協助。那麼接下來輪到我告解了，妳應該很疑惑，爲什麼定寰昨天會突然出現在教學樓吧？」

馮瑞軒先是一愣，遲疑了一下才說：「莫非跟你讓我轉交給他的信有關？」

「對，我很早就發現韓宗珉是個心理變態的雙面人，也看出他一直在暗中關注妳，對妳不懷好意。我在那封信裡告訴定寰，韓宗珉企圖傷害妳，引定寰現身相救。」夏沛然臉上罕見地流露出黯然與歉疚的神情，「讓妳陷入危險，我眞的很抱歉，可是唯有如此，我才能見到定寰，同時戳破韓宗珉的眞面目。我來到德役的眞正原因，其實是爲了妳，才不是什麼爲了找宇棠姊報仇，我當初那麼說，只是想引起妳的注意。」

夏沛然表示，蕭宇棠早就料到，吳德因很可能會安排馮瑞軒前來德役就讀，便讓夏沛然早一步轉入德役，並在馮瑞軒來到德役後，觀察她的一舉一動，再回報給蕭宇棠。蕭宇棠推測，馮瑞軒每週三晚上的詭異行徑，或許是與其他赤瞳者約好碰面，所以夏沛然才會尾隨馮瑞軒，去到那座掩藏在林間的祕密泳池，而那晚的市區大停電，也是出自蕭宇棠的手筆。

聽到這裡，馮瑞軒不禁出聲打岔：「那次停電，果然與你有關！」

「是啊，多虧了宇棠姊出手。」夏沛然吐吐舌頭，「總之，我隨妳進入祕密泳池，看到牆上掛著的那件男款外套，就確定妳應該和定寰有接觸。我早就知道其中一名赤瞳者是十二歲的男生，而外套的尺寸與對方的年紀相符。」

馮瑞軒盯著夏沛然看，猛地想到了一件事，「對了，我一直忘了問你，爲什麼昨天定寰攻擊你的時候，你身上明明著了火，皮膚也被燒成那樣……你看上去卻像是一點也感覺不到疼痛？」

「因爲我是眞的感覺不到疼痛。」夏沛然彷彿絲毫不覺自己語出驚人，繼續淡定地解釋，「我在國三那年遭病毒感染，神經受損，此後再也沒有痛覺，也感覺不太到冷熱。我仍能行動自如，但不能大力跑跳，免疫系統也變得低下，經常生病。比較麻煩的是，由於失去痛覺，我在身體受傷時難以察覺，總要等到情況變得更嚴重時才能發現，過去就有幾次差點因此釀成大禍。」

譚曜磊目光落向少年纏滿繃帶的左手，「沛然，莫非你……是爲了確認自己是否確實失去了痛覺，才會故意拿火燒自己的手？」

「嗯，當時經受不住打擊嘛，我還曾經用煙蒂燙胸口，或是用刀片割腹部什麼的。」夏沛然笑著大方坦承，「放心，現在不會了，不然我媽又要崩潰了，我超怕她哭的。」

馮瑞軒很快想起，她在夏沛然身上看到過的那些傷疤，原來那些全都是他自己弄出來的，她心中難過，追問：「到底是什麼病毒，竟會讓你的身體變成這樣？」

「算是紅病毒吧。」見那兩人頓時臉色大變，夏沛然連忙澄清，「別誤會，我沒動過器官移植手術，更不是赤瞳者，我是被赤瞳者的血液所感染。」

「赤瞳者的血液？」譚曜磊瞪大眼睛。

「嗯，身體被注射赤瞳者的血液後，並不會變成赤瞳者，只會變成像我這樣形同殘廢的人。那天晚上，學校晚自習結束後，我和朋友在回家的路上，不小心撞到兩名西裝筆挺、喝得醉醺醺的男人，他們大聲罵我們擋路，我氣不過，回了他們幾句，他們在盛怒之下，突然掏出針筒往我們身上注射，針筒中裝著的便是赤瞳者的血液。我當時痛得要命，身體像是被野獸一口一口啃食，又像是被扔進烈火焚燒。」說起那段慘痛的過往，夏沛然的語氣依舊雲淡風輕，「之後，我的身體就再也不是原來的身體了，我在醫院裡陷入了自暴自棄。有一天宇棠姊忽然找上我，坦言是她的血害我變成這樣，而她已經讓那兩個向我們下毒手的男人，付出慘痛的代價。」

譚曜磊耳邊嗡嗡作響，腦中不斷迴盪著蕭宇棠先前說過的話。

「赤瞳者身上還有一樣東西，可以不著痕跡地將人徹底摧毀。」

這麼重要的情報，爲何署長和那些長官們之前卻隻字未提？難道他們並不知情？這有可能嗎？

「蕭宇棠有告訴你，那兩個男人是怎麼取得她的血液嗎？」譚曜磊幾乎是屏住了呼吸，等待夏沛然的回答。

「儘管宇棠姊知道詳情，但這件事並不是她親口告訴我的。」夏沛然緩緩吐出一口長氣，「無論國內外，都有不肖人士企圖取得赤瞳者的血液，從中獲取巨大的利益，因而與校長進行私下交易。我遇到的那兩個男人，就是其中一名交易者的手下，在交易結束後跑去飲酒作樂，醉後一時氣憤，才會把珍貴的赤瞳者血液隨隨便便用在我和朋友身上。」

望著夏沛然平靜無波的面容，馮瑞軒全身劇烈顫抖，譚曜磊的掌心也不斷滲出冷汗。

「你明知是蕭宇棠的血液害你變成這樣，爲什麼還會願意與她合作？」譚曜磊由衷感到疑惑，「你不恨她嗎？」

「這不是宇棠姊的錯，校長才是始作俑者。況且，我不想看到更多人受害。」夏沛然燦然一笑，「譚叔叔，你可以到外面等我一下嗎？我想和瑞瑞學妹單獨說一會話，很快出去找你。」

「好。」譚曜磊百感交集地看了兩人一眼，起身步出病房。

病房裡只剩下夏沛然與馮瑞軒，夏沛然定定地望著她，「瑞瑞學妹，這段時間我瞞著妳這麼多事，還騙了妳，妳一定很生氣吧？」

馮瑞軒眼眶濕潤，目光落在他的左手上，「學長，我能看看你的手嗎？」

「最好不要，妳會難受的，我不想看見妳悲傷的樣子。」夏沛然的笑容裡帶著一絲苦澀。

「學長，對不起。」馮瑞軒牽起他的左手，淚如雨下，溫熱的淚珠一顆顆墜落在他的手背，迅速被繃帶吸收，「你因爲德因奶奶、因爲我們，過得這麼痛苦，我卻什麼都不知道。」

「妳不必自責，你們才是最大的受害者。」他搖了搖她牽著他的手，「既然妳選擇留在德役，那麼我也會留下，與妳並肩作戰。」

馮瑞軒立刻搖頭，「我不要再看到你身陷危險，再發生一次昨天那樣的事，我會受不了的。」

「我也是啊，留妳一個人在德役，我也不可能會心安，反正妳會不惜一切保護我的，不是嗎？昨天我瞞著妳通知韓宗珉，說我也會提前過去，爲的就是要讓他偷襲我，我想知道當妳發現他對我做了什麼時，妳會有多生氣？我眞的很壞心，對吧？」夏沛然露出頑皮的笑意。

馮瑞軒恨恨地瞪著他，用力抿了抿唇，舌尖嘗到了淚水的味道。

夏沛然向前俯身，與她額頭貼著額頭，「我會陪著妳直到最後一刻，除了我，也有很多人會和妳站在一起。雖然經歷過許多悲傷痛苦，但我相信結局一定會是好的。爲了有一天能再見到史密斯，我們一起努力，好不好？」

馮瑞軒用力點頭，一句話都說不出來，只能緊握夏沛然的手，任憑淚水奔流。

聽到病房門開啓的聲響，站在門邊的譚曜磊從思緒裡回過神。

「瑞軒還好嗎？」他問夏沛然。

「嗯，冷靜多了，等定寰醒來，她就會將事情的始末說給他聽，雖然不確定定寰能聽懂多少，但至少能讓他明白，校長是不能信任的。」夏沛然低聲說完，隨後瞄了站在不遠處的警衛一眼，刻意稍微提高了音量，「譚叔叔，可以請你陪我走回病房嗎？」

譚曜磊自然不會拒絕。

兩人來到夏沛然住的那間獨立病房後，夏沛然一屁股坐上床，笑嘻嘻地問：「譚叔叔，你會不會好奇，爲什麼我剛剛沒提到，我那位同樣被注射赤瞳者血液的友人，後來怎麼了？。」

經夏沛然這麼一說，譚曜磊才猛然意識到，方才夏沛然確實沒提到他朋友後來怎麼了，但這件事爲什麼要避著馮瑞軒向他提起？

「我和那個朋友很要好，從小一起長大，他家境普通，負擔不起德役高昂的學費，而我想和他念同一所學校，所以並未打算進入德役就讀，我爸媽也尊重我的決定。他非常喜歡打籃球，國中還沒畢業就有明星高中找上門來，前途一片看好。然而那場意外，讓他再也碰不了籃球，他承受不住打擊，最後選擇自殺。我不僅永遠失去了健康，還失去了我最好的朋友。」

譚曜磊從夏沛然平靜的語氣中，聽出了深切的傷悲。

「我確實恨過宇棠姊，可是當我得知她的遭遇，以及她爲了我和我朋友做過什麼事，我便無法再繼續恨她，也下定決心要助她一臂之力。」夏沛然淡淡地問：「譚叔叔，你相信宇棠姊會故意殺人嗎？」

譚曜磊停頓了足足有十秒鐘，才搖頭，「我不相信。」

「我也是這麼想。宇棠姊很善良，就算有人曾因她而死，那也並非出自她的本意。」夏沛然微微一笑，然而那笑意卻轉瞬即逝，「這樣的宇棠姊，卻爲了我，改變了自己的行事原則。她一開始只告訴我，她找到了傷害我們的兇手，並讓對方付出代價，我後來才意外得知，宇棠姊殺了他們，包括指示那兩個男人前去交易的幕後黑手，她不能原諒他們對我和我朋友犯下的罪惡。」

譚曜磊無法想像自己此刻的表情，甚至無法辨明自己此刻的心情。

「譚叔叔，這件事會讓你對宇棠姊的想法產生改變嗎?你會因此視她爲怪物，甚至想殺了她嗎？」

譚曜磊沉默許久，種種道德上的是非對錯在他心中來回拉扯，但他想得更多的卻是蕭宇棠、馮瑞軒、夏沛然所經歷過的不幸與悲慘……

一股強烈的酸楚湧上鼻腔，他清清楚楚聽見自己說出了這句話：「不會，我永遠不會對她動手。」

夏沛然又笑了，這次他的眼眶浮上一抹淺淺的紅。

「譚大叔果然是多多。」

「什麼？」

譚曜磊反應不過來，只見少年嘴角的笑意變得更深。

「譚叔叔，宇棠姊至今仍不知我已然知道眞相，請你不要向她提起。」

譚曜磊點頭，他能理解少年的心情。

「另外，還有一件事，則是要請你先對瑞瑞學妹保密，否則她可能會崩潰。」夏沛然緩緩吸了口氣，「校長給她吃的退燒藥，其實是以像我這種被赤瞳者血液所感染的人的血液，所製造出來的。」

「你說……什麼？」譚曜磊努力釐清夏沛然話裡的意思，「你是說，你身上的血液，就是用來製作那款藥物的主要材料？」

「對，不可思議吧？服用我這種人的血液，就能夠平定赤瞳者體內失控亂竄的力量。校長已採行此法製藥多年，既然直到現在她還能拿得出那款藥物，就表示除了我和我朋友，必然有其他無辜人士受到赤瞳者的血液感染，才能供她製藥。」

「慢、慢著！」匪夷所思的資訊撲天蓋地而來，譚曜磊好半晌才勉強跟上夏沛然所言，「我不是很懂這一塊……但是，一定要把赤瞳者的血液注入到普通人體內，才能用感染者的血液製藥？不能分別抽取赤瞳者和一般人的血液，混合之後製藥嗎？」

夏沛然搖搖頭，「所有你想得到的方法，都已經有人試過，全都沒用。一旦瑞瑞學妹得知她一直吃的藥是這麼來的，她心中會作何感受？紅病毒的可怕，遠遠超乎人類的想像，根本就像是為了摧毀人類而生的病毒。不過病毒再怎麼可怕，也可怕不過人心，眞正摧毀人類的，可未必是紅病毒。」

譚曜磊竟被夏沛然這席話說得啞口無言。

「譚叔叔，你很想見宇棠姊吧？她請我在跟你談話之後，轉交一樣東西給你。」

夏沛然從病床旁的抽屜取出一張字條，譚曜磊接過一看，上面寫著一串地址。

「這是哪裡？」

夏沛然故意賣關子，「去了就知道了，你就說你要找袁醫師。」

✦

隔天上午十點，譚曜磊依照字條上寫著的地址，來到一處寧靜的住宅區。

他站在一幢簡陋的公寓前，按下對講機。

「請問哪位？」一個有些年紀的男人的聲音傳來。

「您好，我叫譚曜磊，我找袁醫師。」

「歡迎，請上來。」

推開公寓樓下大門，踩著狹窄的水泥樓梯往上爬，譚曜磊來到五樓的一扇鐵門前，輕輕摁下門鈴。

前來迎門的，正是那天開著廂型車到碼頭接應史密斯離開的男人，也就是袁醫師。屋內空間雖然不大，卻相當舒適整潔，客廳書櫃裡擺滿了醫療方面的英文書籍。

「很高興見到你。上次見面太匆忙，來不及跟你打招呼。」袁醫師將沖好的茶遞給他，揚起慈祥的微笑，「宇棠很早以前就跟我提起過你，謝謝你對那個孩子的幫助。」

「哪裡。」譚曜磊客氣回應，「這個地方是您的住處嗎？」

「我和宇棠一起住在這裡。三年前她逃出德役後，史密斯把她從旭容家裡帶過來，後來為了找尋其他赤瞳者，也為了避人耳目，她漸漸很少回來，有時最長三個月都沒能見到她。」

「原來是這樣……」譚曜磊忍不住又問：「請問，您跟康旭容是什麼關係？」

「他是我的學生。他在美國讀醫學院時，我們就認識了。他在當上住院醫生的第三年，決定返台調查赤瞳者一事，並設法進入德役擔任校醫，一邊作為吳德因的心腹，藉機從她身上打探其他赤瞳者的下落，一邊照顧宇棠。我很清楚他過往的遭遇，以及他接下來想做的事，為了協助他，我也跟著來到台灣。」

話題就這麼順水推舟進行下去，袁醫師將蕭宇棠和康旭容過去在德役發生的所有事，全說給譚曜磊知道，包括蕭宇棠在升上高中後突然改變容貌。

譚曜磊的臆測獲得證實。蕭宇棠當年確實沒有意識到自己換了張面孔，更不知道自己殺了宋曉苳。

「她爲什麼會喪失記憶，甚至辨認不出自己原先的長相？」這點譚曜磊始終想不明白。

「目前沒有準確的答案，只能猜想或許宇棠當時在極度憤怒的狀態下，能力覺醒且失控，她本人也因此受到強烈的衝擊，導致影響記憶與認知。」袁醫師娓娓道來，「基本上，眼睛變紅就是赤瞳者完全覺醒的象徵。有些赤瞳者覺醒前並無徵兆，有些則是會出現體溫起伏不定、經常高燒不退，或是連續夢見捐贈器官給自己的紅病毒感染者等徵狀，而宇棠的情況屬於前者。一般來說，赤瞳者只要使用異能，眼瞳就會同時轉紅，但宇棠曾在眼瞳未曾轉紅的情況下，就能『看見』他人的記憶，我認爲這可能與她當時失去部分記憶有關。」

「那……康旭容現在人在哪裡？」譚曜磊有些遲疑地問：「他不是應該陪在宇棠的身邊，共同追查赤瞳者的事嗎？」

袁醫師看著他的眼神似有深意，「他人就在這裡。」

「什麼？」譚曜磊錯愕，「您是說，他現在就在這間屋子裡？」

「是的，他在房間，請跟我來。」袁醫師放下茶杯起身。

譚曜磊心跳驟然加快，完全沒料到這一刻會突然降臨。

終於要見到那個男人了。

他隨著袁醫師來到一扇緊閉的房門前，袁醫師旋開門把，推門而入，只見一個男人安靜地躺在床上，一動也不動。

譚曜磊緩緩走近床邊，定睛打量那個男人。

他五官端正，臉頰消瘦，那雙失去光彩的淺棕色眼眸半開半闔。

「你想見他嗎？」

「如果有機會，我確實想見見他。」

很長一段時間，譚曜磊無法動彈，只能木然地凝視著那張臉。

康旭容。

不惜付出一切，也要守護蕭宇棠的這個男人，他心底所欽佩的英雄——

如今已是植物人狀態。

未完待續

後記

# 你心中的英雄

終於帶著第二集跟大家見面了。

寫這篇後記時，我想的是希望你們不是直接跳到這本書的最後一頁，怕你們會後悔，哈哈。

這一集講述了赤瞳者的由來，除了蕭宇棠，並出現了馮瑞軒，王定寰這兩名赤瞳者，但我還是在這集留下了不少謎團，待下集逐步揭曉，包括吳德因這位大boss的故事，也將浮上檯面了。

不曉得大家看完這集之後有何感想，我自己是覺得頗為糾結和胃痛，對於筆下所寫的故事，我很少會思考劇情虐不虐的問題（好啦，我知道沒人信），但《赤瞳者》確實是近幾年來，讓我由衷覺得很虐的故事，因為令人心疼的角色實在太多了。

第二集的主題是「英雄」，在這個故事裡，「英雄」是個很悲傷的名詞，充滿了血與淚。

書中哪個角色是你們心中認定的英雄呢？

《赤瞳者》算是我特別著重描寫人性的故事，某些角色展現出來的赤裸惡意，連我都不寒而慄。如同夏沛然所言，眞正會招來毀滅的，其實是人心。相信看完這一集的你們，也有同樣的感受吧？

寫作的過程中，我數度問自己，倘若身為主角，我會如何面對這樣殘酷的命運？當知道這個世界並無自己的容身之處時，又會怎麼做？

如果你是蕭宇棠、譚曜磊，或是夏沛然，你會有跟他們一樣的想法嗎？當同樣的情況降臨在你身上，你會做出跟他們相同的決定嗎？透過這樣的自問自答，讓我更貼近這些角色的內心，也有了不少感觸。

《赤瞳者》的結局，一開始就決定好了，我常會一邊寫，一邊想著最後那一幕，心裡總有股難以言喻的感受。雖然現在小說才完成一半的篇幅，還有一半的路要走，但我已經從中得到相當大的收穫，不管是來自編輯或小平凡，你們給我的指導和回饋，都是使我想早日完成這部作品的動力。

感謝林花老師爲《赤瞳者》繪製如此美麗的封面插畫。收到第一集封面時，編輯告訴我，林花老師一口氣完成了前三集的封面插畫，相信你們也和我一樣超級期待親眼目睹！

謝謝POPO原創。

謝謝雅雯和馥蔓。

謝謝小平凡。

我們第三集再見。

晨羽

國家圖書館出版品預行編目資料

赤瞳者02英雄／晨羽著. -- 初版. -- 臺北市；城邦原創出版 ： 家庭傳媒城邦分公司發行, 2020.10
面；公分. --

ISBN 978-986-99411-1-2（平裝）

863.57　　109015159

# 赤瞳者02英雄

作　　者／晨羽
企畫選書／楊馥蔓
責任編輯／楊馥蔓

行銷業務／林政杰
總 編 輯／楊馥蔓
總 經 理／伍文翠
發 行 人／何飛鵬
法律顧問／元禾法律事務所　王子文律師
出　　版／城邦原創股份有限公司
台北市中山區民生東路二段 141 號 6 樓
電話：(02) 2509-5506　傳眞：(02) 2500-1933
E-mail：service@popo.tw
發　　行／英屬蓋曼群島商家庭傳媒股份有限公司城邦分公司
聯絡地址：台北市中山區民生東路二段 141 號 11 樓
書虫客服服務專線：(02) 25007718．(02) 25007719
24小時傳眞服務：(02) 25001990．(02) 25001991
服務時間：週一至週五09:30-12:00．13:30-17:00
郵撥帳號：19863813　戶名：書虫股份有限公司
讀者服務信箱 email：service@readingclub.com.tw
城邦讀書花園網址：www.cite.com.tw
香港發行所／城邦（香港）出版集團有限公司
地址：香港九龍九龍城土瓜灣道 86 號順聯工業大廈 6 樓 A 室
email：hkcite@biznetvigator.com
電話：(852)25086231　傳眞：(852) 25789337
馬新發行所／城邦（馬新）出版集團 Cité(M)Sdn. Bhd.
41, Jalan Radin Anum, Bandar Baru Sri Petaling,
57000 Kuala Lumpur, Malaysia.
電話：(603) 90563833　傳眞：(603) 90576622
E-mail:services@cite.my

封面插畫／林花
封面設計／Gincy
電腦排版／游淑萍
印　　刷／漾格科技股份有限公司
經 銷 商／聯合發行股份有限公司
電話：(02)2917-8022　傳眞：(02)2911-0053

■ 2020 年 10 月初版
■ 2023 年 12 月初版 8.5 刷

Printed in Taiwan

**定價 / 320元**

POPO城邦原創 www.popo.tw　城邦讀書花園 www.cite.com.tw



ISBN　978-986-99411-1-2

本書如有缺頁、倒裝，請來信至service@popo.tw，會有專人協助換書事宜，謝謝！